शिवानी

प्रख्यात कथाकार शिवानी का जन्म 17 अक्तूबर, 1923 को विजयादशमी के दिन राजकोट, गुजरात में हुआ।

शिवानी की पहली रचना अल्मोड़ा से निकलनेवाली 'नटखट' नामक एक बाल-पत्रिका में छपी थी। तब वे मात्र बारह वर्ष की थीं। इसके बाद वे मालवीय जी की सलाह पर पढ़ने के लिए अपनी बड़ी बहन जयंती तथा भाई त्रिभुवन के साथ शान्तिनिकेतन भेजी गईं, जहाँ स्कूल तथा कॉलेज की पत्रिकाओं में बांग्ला में उनकी रचनाएँ नियमित रूप से छपती रहीं। गुरुदेव रवीन्द्रनाथ टैगोर उन्हें 'गोरा' पुकारते थे। उनकी ही सलाह कि हर लेखक को मातृभाषा में ही लेखन करना चाहिए, शिरोधार्य कर उन्होंने हिन्दी में लिखना प्रारम्भ किया। शिवानी की पहली लघु रचना 'मैं मुर्गा हूँ' 1951 में 'धर्मयुग' में छपी थी। इसके बाद आई उनकी कहानी 'लाल हवेली' और तब से जो लेखन-क्रम शुरू हुआ, उनके जीवन के अन्तिम दिनों तक अनवरत चलता रहा। उनकी अन्तिम दो रचनाएँ 'सुनहुँ तात यह अकथ कहानी' तथा 'सोने दे' उनके विलक्षण जीवन पर आधारित आत्मवृत्तात्मक आख्यान हैं।

1979 में शिवानी को 'पद्मश्री' से अलंकृत किया गया। उपन्यास, कहानी, व्यक्ति-चित्र, बाल उपन्यास और संस्मरणों के अतिरिक्त, लखनऊ से निकलनेवाले पत्र 'स्वतंत्र भारत' के लिए शिवानी ने वर्षों तक एक चर्चित स्तम्भ 'वातायन' भी लिखा। उनके लखनऊ स्थित आवास-66, गुलिस्ताँ कालोनी के द्वार लेखकों, कलाकारों, साहित्य-प्रेमियों के साथ समाज के हर वर्ग से जुड़े उनके पाठकों के लिए सदैव खुले रहे।

21 मार्च, 2003 को दिल्ली में उनका निधन हुआ।

भिक्षुणी

शिवानी

राधाकृष्ण पेपरबैक्स

राधाकृष्ण पेपरबैक्स में
पहला संस्करण : 2007
सातवाँ संस्करण : 2023

राधाकृष्ण पेपरबैक्स : उत्कृष्ट साहित्य के जनसुलभ संस्करण

राधाकृष्ण प्रकाशन प्राइवेट लिमिटेड
जी-17, जगतपुरी, दिल्ली-110 051
द्वारा प्रकाशित

शाखाएँ : अशोक राजपथ, साइंस कॉलेज के सामने, पटना-800 006
पहली मंजिल, दरबारी बिल्डिंग, महात्मा गांधी मार्ग, प्रयागराज-211 001
1, अनमोल सोराबजी संतुक लेन, धोबी तलाव, मरीन लाइंस, मुम्बई-400 002
वेबसाइट : www.radhakrishnaprakashan.com
ई-मेल : info@radhakrishnaprakashan.com

बी.के. ऑफसेट
नवीन शाहदरा, दिल्ली-110 032
द्वारा मुद्रित

मूल्य : ₹ 199

BHIKSHUNI
Stories by Shivani

ISBN : 978-81-8361-114-5

क्रम

तोमार जे दोक्खिन मुख

गम्भीर रात्रि की गहन शून्यता में तमिलनाडु एक्सप्रेस तेजी से वन-अरण्यों को चीरती जा रही थी। उस सुदीर्घ यात्रा में अपने डिब्बे का एकान्त सहसा मुझे भयावह लगने लगा। एक बार कंडक्टर आकर, बड़ी नम्रता से पूछ गया था, ''मैडम, यदि आपको अकेले में सफर करने में आपत्ति हो तो बगल के डिब्बे में ऊपर की एक बर्थ खाली है...''

"नहीं, मैं यहीं ठीक हूँ।" कह, मैंने उसका विनम्र प्रस्ताव फेर दिया था। अटपटे अनचीन्हे यात्रियों के साहचर्य से मुझे एकान्त ही अच्छा लगता है। किन्तु अँधेरा होते ही वह एकान्त मुझे सहमा गया। बत्ती जलाकर मैंने एक बार पढ़ी पत्रिकाओं को फिर उलटा-पलटा। चिटखनी ठीक से लगी है या नहीं, यह देखा। सिरहाने की खिड़की के दोनों शटर चढ़ा लिये। फिर भी न जाने कैसा भय लग रहा था। इससे पूर्व भी कई बार अकेले कूपे में यात्रा कर चुकी थी। किन्तु ऐसे अस्तित्वबोध ने कभी नहीं सहमाया। मन ही मन मनाती जा रही थी कि किसी सद्गृहस्थ का परिवार सहयात्री बन जाए, क्योंकि कंडक्टर कह गया था, नागपुर से प्रायः ही भीड़ बढ़ती है। नागपुर में कोई परिवार तो नहीं आया, किन्तु एक के बाद एक दो सहयात्रियों ने मेरे सशंकित चित्त को शान्त कर दिया। एक महाराष्ट्रीय महिला केवल एक टोकरी और एक बटुआ लेकर ठीक सामने की बर्थ पर आकर बैठ गई तो मेरा चित विषण्ण हो गया। मैं समझ गई थी कि उसकी यात्रा निश्चय ही ह्रस्व होगी। शायद तीन-चार स्टेशन बाद ही उतर जाएगी क्योंकि संसार की कोई भी नारी दीर्घ यात्रा बिना सामान के सम्पन्न नहीं कर सकती। मेरा अनुमान ठीक ही था।

"मुझे वर्धा तक कुछ काम था। गांधी-साहित्य पर रिसर्च कर रही हूँ।

नागपुर बहन के पास आई थी। अब दूसरी बहन के पास जा रही हूँ। चौथा स्टेशन पड़ेगा।" मेरी वह प्रगल्भ सहयात्रिणी उस संक्षिप्त अवधि में भी, निरन्तर मैना-सी चहकती, अपना पूरा परिचय दे गई थी। उसका नाम अनसूया पटवर्धन है। विवाह नहीं किया। लड़कियों के किसी कॉलेज की वाइस-प्रिंसीपल है। यूनिवर्सिटी में पढ़ाने की महत्वाकांक्षा ने ही उसे पी-एच.डी. के लिए प्रेरित किया है। वृद्धा माँ साथ रहती हैं। इसी से विवाह नहीं किया। उसने लजाकर कहा, "मैं विवाह कर लेती तो माँ को कौन देखता? फिर एक भाई भी है। एकदम आवारा! गत सात वर्षों से लगातार हाईस्कूल में फेल हो रहा है। उसके भरोसे माँ को छोड़ नहीं सकती। इसी से कल ही लौट जाऊँगी।"

वह यदि नहीं भी बतलाती, तब भी मैं जान जाती कि वह कुँआरी है। बत्तीस वर्षों का संचित कौमार्य उसकी प्रत्येक विचित्र गतिविधि में स्पष्ट होकर उभर रहा था। कभी चश्मा खोल आँखों में किसी दवा की बूँदें छोड़ती, कभी सरदर्द की गोली बटुए से निकाल मुँह में धर लेती, कभी नाड़ी पकड़ उसी का स्पन्दन सुनने लगती, और फिर सहसा बटुए से अपने किसी गुरु का विवर्ण चित्र निकाल ललाट में लगा, होंठों ही होंठों में न जाने कौन-सा मन्त्र बुदबुदाने लगती। मैंने उससे, उसके उन गुरु के चित्र के विषय में कुछ नहीं पूछा। इससे शायद उसे निराशा भी हुई। फिर वह स्वयं ही कहने लगी, "पिछले वर्ष काशी में इनके दर्शन हुए। वहीं दीक्षा-मन्त्र लिया। दो सौ पच्चीस वर्ष के हैं। मुझसे बोले, 'बेटी, दुखी क्यों है?'

"मैंने कहा, 'महाराज, इस अनित्य संसार और जगत के कष्ट की ज्वाला से दग्ध हूँ।' बोले, 'तुम्हारा कष्ट देखकर ही मैंने तुम्हें यहाँ बुलाया है। एक शब्द दूँगा, उसे ग्रहण करो। उसके प्रभाव से तुम्हारे समस्त कष्टों की परम निवृत्ति हो जाएगी।' उन्होंने मुझे दीक्षा-मन्त्र दिया और मेरी आँखों के सम्मुख, अकस्मात, अन्तर्हित हो गए। सुना है, ऐसे दिव्य पुरुष, महानिशा में भी संचरण करने में समर्थ होते हैं। अहा-हा! कैसा ज्योतिर्मय रूप, और भव्य मुखमंडल पर कैसी अपार करुणा!" भावावेश में अनसूया पटवर्धन दोनों आँखें बन्द कर झूम ही रही थी कि द्वार पर दस्तक हुई। चित्र को बटुए में डाल, वह किसी षोडशी की-सी फुर्ती से उछली और चट द्वार खोल फिर अपनी बर्थ पर बैठ गई। द्वार पर एक भुजंग-सा काला व्यक्ति खड़ा हो गया। पीछे-पीछे कंडक्टर था, "क्षमा कीजिएगा, आपको यदि आपत्ति न हो तो मैं क्या ऊपर का बर्थ लेने की धृष्टता कर सकता हूँ?"

"ये लेडीज कूपे है, इसमें आप कैसे आ सकते हैं?" मेरा स्वर शायद आवश्यकता से कुछ अधिक ही रूखा हो उठा था। इस बार उस यात्री की कैफियत देने उसके पीछे खड़ा बौना कंडक्टर आगे बढ़ आया, "आई नो, आई नो, मैडम! पर कहीं भी कोई बर्थ खाली नहीं है, और यह बेचारे बीमार हैं। मृत्यु-शैया पर पड़ी बहन को देखने जा रहे हैं। हें-हें-हें! यदि आप लोग दया करें, तो शायद बहन का मुँह देख लें।" खीसें निपोरता वह ऐसे विनम्र होकर दुहरा हो गया, जैसे वह स्वयं अपनी पैरवी कर रहा हो। मैं समझ गई कि उसकी मुट्ठी पर्याप्त मात्रा में गरम की गई है।

"आप किसी अन्य महिला को हमारे डिब्बे में भेज, उनकी बर्थ इन्हें क्यों नहीं दे देते?" मैंने भुनभुनाकर कहा।

"जानता हूँ, मैडम, जानता हूँ। वही किया था। पर सब अपने परिवार के साथ हैं, लम्बी यात्रा में सब एक साथ रहना चाहते हैं।"

"कोई बात नहीं, आ जाइए, ब्रदर, कम इन!" अनसूया पटवर्धन ने स्नेह-विगलित स्वर में उस अनजान यात्री को अपना अविवेकी आमन्त्रण दिया तो मेरे जी में आया, तत्क्षण उसे चीरकर धर दूँ! उसका भला क्या बिगड़ेगा, चौथे स्टेशन पर पल्ला झाड़कर चल देगी, मुझे ही तो उस भयावह व्यक्तित्व का सान्निध्य रात-भर सहना पड़ेगा! शायद मेरे हृदय की भुनभुनाहट मेरे चेहरे पर स्पष्ट होकर उभर आई थी। अनसूया पटवर्धन मेरे दोनों हाथ पकड़कर हँसकर कहने लगी, "नाराज हो गईं बहन? बर्थ देने, न देने वाले हम-तुम नहीं हैं। प्रयोज्य कर्ता हैं स्वयं परमात्मा

'त्वचा हृषीकेश हरिस्थितेन
यथा नियुक्तोस्मि तथा करोमि।'

वास्तविक प्रेरक वही है, मैं या तुम नहीं, समत्व ही योग है। बेचारा यदि एक बर्थ पाकर अपनी बहन का अन्तिम दर्शन कर लेता है, तो हमें कैसी आपत्ति?"

"थैंक यू, थैंक यू, मैडम!" वह व्यक्ति कृतज्ञता से दुहरा होता, बर्थ के ही एक कोने पर बैठ गया। अब तक मैंने उसका चेहरा ठीक से नहीं देखा था। सहसा मुझे झटका लगा। कैसे पहचाना-पहचाना-सा चेहरा लग रहा था? मैं द्रुतगति से अचल स्मृति की अतल गहराई से, पूर्वपरिचित चेहरे खींच-खींचकर उससे मिलाने लगी। किन्तु स्मृति मेरी प्राणांतक चेष्टा के बावजूद अचल बनी जा रही थी।

जी में आ रहा था, पूछूँ, 'कौन हो तुम? कहाँ परिचय हुआ है पहले?'

भयावह रूप से काला चेहरा, सफेद-सफेद दाँतों की खिसियाई-सी हँसी और धृष्ट आँखों की तीखी मुखर दृष्टि, जो बार-बार मेरे चेहरे पर निबद्ध हो रही थी। तब क्या वह भी मुझे पहचानने की चेष्टा कर रहा था? पहचानकर भी न पहचान पाने की अकुलाहट मुझे और भी सहमा रही थी।

"अच्छा तो आप भी मद्रास जा रहे हैं?" अनसूया पटवर्धन उस यात्री से ऐसी अंतरंगता से बतियाती चली जा रही थी, जैसे वह उसका कोई बहुत दिनों बाद मिला आत्मीय हो।

"चलिए, इनका साथ हो जाएगा, नहीं तो बेचारी अकेली ही जातीं। मैं तो बीच ही में उतर जाऊँगी।"

"ओह, तो आप भी मद्रास ही जा रही हैं?" उसने हँसकर पूछा और एक क्षण के उस गतिहीन, शब्दहीन दृष्टि-विनिमय ने मेरे संदिग्ध चित्त को सचेत कर दिया। कैसी मूर्ख थी यह अनसूया पटवर्धन! यह कहने की क्या आवश्यकता थी कि वह बीच में ही उतर जाएगी और मैं मद्रास जाऊँगी? फिर, मद्रास तक की यात्रा के लिए इस विचित्र यात्री ने एक सामान्य-सा थैला भी तो नहीं लिया था। एक क्षण को दो दिन पूर्व पढ़ी गई अखबारी कतरन की स्मृति मुझे भयत्रस्त कर गई : 'फर्स्ट क्लास के डिब्बे में लेडी डाक्टर की निर्मम हत्या! हत्यारा फरार!'

अनसूया का अनर्गल प्रलाप बड़ी देर तक चालू रहा। वह यात्री किसी लंगूर की लपक से लपकता कब का अपनी बर्थ पर चढ़कर सो गया था।

जैसे-जैसे अनसूया का गन्तव्य स्टेशन निकट आ रहा था, मेरा शंकालु चित्त काल्पनिक दुर्घटनाओं का जाल बुनता, सहमा जा रहा था। फिर, मैं उसी उलझन में अपना भावी निश्चय ले चुकी थी। अनसूया के उतरते ही मैं स्वयं गार्ड से जाकर कह दूँगी कि या तो मेरे डिब्बे में किसी महिला यात्री को भेजने की व्यवस्था करें, या इस समाजविहीन, रहस्यपुरुष यात्री को अन्यत्र भेजें। कोई भी महिला यात्री, अकेले डिब्बे में पुरुष यात्री की उपस्थिति पर आपत्ति प्रकट कर उसका स्थानान्तरण करा सकती है, यह रेल नियम मैं जानती थी। फिर मेरा पक्ष तो और भी सबल था, लेडीज़ कूपे में वह आ कैसे गया? किन्तु अनसूया पटवर्धन मुझसे भावभीनी विदा लेकर उतरी, तो वह धृष्ट व्यक्ति स्वयं ही छिपकली-सा नीचे की बर्थ पर सरक आया। मैं उठकर बाहर जाने के लिए चप्पल पहन रही थी, और जैसा कि प्रायः होता

है, ठीक ऐसे अवसरों पर चप्पलों का जोड़ा विधुर बना, दूसरी चप्पल ढूँढ़ने भारी-भरकम बक्सों के पीछे भगाने लगता है। मुझे भी अपनी एक चप्पल नहीं मिल पा रही थी।

"यह रही, मैडम!" वह मेरी एक चप्पल हाथ में लिये अपनी वही खिसियाई हँसी हँस रहा था। मैं चौंककर मुड़ी।

"शायद, सरककर, मेरी सीट के नीचे आ गई थी।" फिर एक लम्बी साँस खींचकर वह किसी दार्शनिक की भंगिमा में बड़े गम्भीर स्वर में कहने लगा, "समय ही बलिहारी, कभी ऐसे ही तुमने मुझे चप्पल दिखाकर थर-थर कँपा दिया था।"

मेरा कलेजा भय से हिम हो गया था, 'कौन था यह, कौन?'

"शायद तुमने पहचाना। क्यों? अभी याद नहीं आया? यह दाँत देखो। अब शायद पहचान लोगी? आज से पैंतीस वर्ष पूर्व तुम्हारे भाई के उस घातक मुक्के ने इसको स्मृति-चिह्न बनाकर छोड़ दिया था। भद्दा लगता था, इसी से विशालाक्षी ने एक दिन जिद कर यह सोने की कैप लगवा दी। अब याद आया?"

हे भगवान, तब क्या यह अभागा आज पैंतीस वर्ष बाद मेरे भाई के मुक्के का प्रतिशोध लेने मुझे ढूँढ़ता यहाँ आया था? पहचान लिया था। कैसी मूर्खा थी मैं, जो अब तक नहीं पहचान सकी! उसे भला भूल सकती थी? उस दानव की विचित्र गतिविधि...? जिसने कभी मेरा जीना दूभर कर दिया था। जिसके लिखे सत्रह-सत्रह पृष्ठों के सुदीर्घ प्रेम-पत्र, आदिवासी शत्रुओं के विषबुझे तीरों की भाँति, होस्टल छोड़ने पर भी मेरा पीछा करते रहे थे। जिसको देखते ही मेरा सर्वांग घृणा और भय से सिहर उठता था। जिसकी धृष्ट हँसी मेरे भाई के सशक्त मुक्के से भी म्लान नहीं हो पाई थी। जो निरन्तर छाया की भाँति मेरा पीछा करता, मेरा छायाग्रास निगलता, मेरे छात्र-जीवन में पूरे पाँच वर्षों तक विष घोलता रहा था। उसे भला भूल सकती थी? फिर एक बार सहसा साहस कर मैंने भरी कक्षा में ही उसे बुरी तरह फटकार दिया था।

'आज अन्तिम बार तुम्हें चेतावनी देती हूँ, राघवन! ऐसे मेरा पीछा किया तो फिर मेरे इस ब्रह्मास्त्र को देख लो।' कह मैंने अपनी चप्पल दिखा दी थी। सार्वजनिक सभा में दी गई मेरी वह मुँहफट फटकार पाकर उसी दिन से उसने मेरा पीछा करना छोड़ दिया था, और मुझे यों उस घिनौने व्यक्ति से मुक्ति मिल गई। इतने वर्षों में वह फिर मुझे आज तक कभी नहीं दिखा,

जबकि प्रायः ही इधर-उधर जाने पर, मेरे सहपाठी मिलते रहते और आज पूरे पैंतीस वर्षों के पश्चात वह अचानक फिर मुझसे टकरा गया। मेरे लिए टकराहट निश्चय ही सुखद नहीं थी क्योंकि बार-बार वह अपने सोने के दाँत की भग्न प्राचीर चमकाता, मेरे भाई के मुक्के का उल्लेख जो करता रहा था। एक प्रकार से मैं ही उसके उस दन्त के खंडित वैभव के लिए उत्तरदायी थी। उस बार मैं जब पौषोत्सव के मेले से लौट रही थी, तो वह न जाने कहाँ से सहसा प्रकट हो, मेरे पीछे लग गया।

तब तक उसे चप्पल की चेतावनी नहीं मिली थी। जितनी ही तेजी से मैं अपनी चाल बढ़ाती, दुगुनी तेजी से वह अपनी लम्बी-लम्बी डगें भरता, छाया बन मेरा अनुसरण कर गुनगुनाने लगता। तब ही उसने अचानक अपने निर्लज्ज आचरण से मेरा खून खौला दिया। एकदम बढ़, मेरे स्कन्ध पर हाथ धर जैसे ही उसने 'ट्वेल्थ नाइट' के प्रणयी की प्रेमोन्मत्त पंक्तियाँ दोहराईं, मैंने पलटकर उसे एक करारा तमाचा जड़ा और तेजी से भागी।

वह शायद अँधेरे में, अपने मित्रों के साथ आगे-आगे जा रहे मेरे भाई को नहीं देख पाया था। वह आगे बढ़ा। उधर मेरा भाई मेरी फरियाद सुन उतनी ही उग्रता से पीछे पलटा। साथ में था उसके साथियों का पूरा झुंड। यह तब की बात है, जब मित्रों की बहन स्वयं अपनी भी बहन हुआ करती थी। शेक्सपीयर की भाव-भीनी पंक्तियों की आवृत्ति का पुरस्कार राघवन को तत्काल मिल गया। आज उसी घटना का उल्लेख कर वह शायद मुझे इतने वर्षों बाद एकान्त में फिर सहमाना चाह रहा था।

"तुम्हारे भाई के मुक्के ने मेरा दाँत तोड़ा था।" उसने कहा, तो मैं चुप नहीं रह सकी। भुनभुनाकर मैंने कहा, "ठीक किया था! तुम्हारी बहन को कोई एकान्त में ऐसे घेरता तो क्या तुम उसका दाँत नहीं तोड़ते?"

"नहीं, मैडम!" वह फिर अपनी वही निर्लज्ज हँसी हँस कर कहने लगा, "मेरी बहन को कोई कभी नहीं घेर सकता। जानती हैं, क्यों? उसकी आँख काँच की है और रंग एकदम मेरा पाया है। उस पर सारे चेहरे पर चेचक के दाग, और अब तो..." वह फिर खुक-खुक कर हँसने लगा।

"तिरुपति में बाल कटवाकर और भी भयानक लगने लगी है। एकदम हमारी बिरादरी में फिट बैठती है! साठ साल की हो गई है। अभी-अभी मिलकर आ रहा हूँ। मैं गया तो चटाई बिछाकर चित लेटी थी। लगता था, चार कन्धों पर 'गोपालमय' कहे जाने को तैयार होकर ही लेटी है। जैसे ही

मैंने कहा, 'क्यों री, मुरगम्मा, कैसी है? बस चीखकर फटाक से बेहोश हो गई। तब से अचेत पड़ी है। इसी से फिर उसे देखने जा रहा हूँ। वैसे मैं तुम्हारी भी बराबर खबर रखता था। बड़ी खुशी होती थी सुनकर, तुम्हें जीवन में भरपूर सुख मिला–पति-सुख, सन्तान-सुख, वैभव-ख्याति–और मुझे...”

वह फिर अपनी वीभत्स हँसी हँसा, “केवल दुर्नाम, कुख्याति और अशान्ति। पहले बैंक में नौकरी की। कुछ साल सुख से कटे। विवाह किया। पत्नी के चेहरे की लुनाई देखकर ही रीझा था। अन्तर का चेहरा कितना कुत्सित है, मैं देख नहीं पाया। उसकी नित्य-नवीन फरमाइशें पूरी करने में कब मेरी निष्ठा का आसन डिग गया, मैं जान भी नहीं पाया। इधर बैंक की राशि की तिल-तिल की खिसकन मेरी विलासिनी जीवन-सहचरी की समृद्धि का भंडार भर रही थी, उधर मुझे पीने की बुरी लत पड़ चुकी थी। निर्जला आसव का घूँट मेरा विवेक एकदम भ्रष्ट कर चुका था। एक-न-एक दिन मेरे हाथ की सफाई ही मेरा काल बन, मेरे काले मुँह को और काला कर देगी, यह मैं जानता था, फिर भी उस मायाविनी का सौंदर्य मुझे विवेकहीन बनाता चला गया। तुम्हारे बाद मैंने केवल उसी से प्रेम किया था।”

ट्रेन अचानक उन गहन सुरंगों में सरकने लगी थी, जहाँ का अन्धकार साहसी से साहसी यात्री-चित्त को भी अपने अस्वाभाविक अन्धकार से कँपकँपा देता है। वह सहसा चुप हो गया था। अँधेरे में उसकी वाणी भी एक पल को शायद स्तब्ध हो गई थी। फिर वह उसी छन्दमयी गति से चालू हो गया।

“तुमसे मुझे सदा तिरस्कार ही मिला, केवल लाँछन, अपमान! पर उससे अनंत प्रेम, अकपट सेवा और कार्पण्य-रहित अनुराग, साहचर्य। मैं बीमार पड़ता तो वह रात-दिन मेरे सिरहाने बैठी रहती। चिड़चिड़ाने लगता तो वह धरती-सी सहिष्णु बनी मेरे पैरों में लोटने लगती। मैं क्या जानता था कि वह अभिनयशील नटिनी एक भद्दे नाटक का मंचन-मात्र कर रही है। ठीक भी तो था, अभिनय तो उसने जीवन-घुट्टी में पिया था। वेश्या जननी के स्तनपान में छलना का विष न मिलता तो क्या अमृत का घूँट मिलता? जब होश आया तब तक मैं पूर्ण रूप से छला जा चुका था। एक दिन अचानक नियति स्वयं मुझे नाटक का अन्तिम यवनिकापात कराने अधूरे दौरे से ही घर लौटा लाई। मंच के प्रसाधनहीन, सज्जाहीन नटी-नट के असली चेहरे मैंने देख लिये। प्रवंचक था मेरा अभिन्न मित्र अखिलन! जिस अवस्था में मैंने दोनों को देखा, उसे देख शायद कोई क्लीव पति ही चुप रह सकता था! मेरा मदालस, उन्मत्त

चित्त उसी क्षण प्रतिशोध लेने को अधीर हो उठा। मेज पर धरी बोतल से ही मैंने दोनों की एकसाथ कपाल-क्रिया कर दी। मेरा निशाना बचपन से ही अचूक रहा है..."

ट्रेन एक के बाद एक, पाँचवीं सुरंग पार कर, छठी से गुजर रही थी। टोकरी में धरी अपनी पानी की काँच की बोतल का ध्यान आते ही एक अनजान आशंका ने सहसा मेरा कलेजा जकड़ लिया। क्या इतने वर्षों बाद यह दानव मुझसे अपने विफल प्रेम और टूटे दाँत का प्रतिशोध नहीं ले सकता?

पर, फिर उसने अपनी क्षणिक चुप्पी भंग कर कहा, "कहते हैं, विपत्ति कभी अकेले नहीं आती। मेरे साथ भी ऐसा ही हुआ।" मुँह में दबी सिगरेट की ऊर्ध्वमुखी फूँक को धूम्ररेखा से बिखरा वह हँसा और अँधेरे में उसका सोने का दाँत कृष्ण मेघखंड में चमकी बिजली की क्षीण रेखा-सा चमकने लगा।

"नशा उतरा तो मुझे सहसा अपने भयंकर अपराध का बोध हुआ। मेरे पिता वारंगल के प्रसिद्ध महाजन थे। दिन-रात लाखों का लेन-देन होता था। उनका वैभव मुझे कानून के घेरे से निश्चित ही छुड़ा सकता था। फिर मेरा पक्ष भी इतना दुर्बल नहीं था। दुराचारिणी पत्नी को मैंने रँगे हाथों उसके प्रेमी के साथ पकड़ा था। अपराधी मैं नहीं था, अपराधी था पति का आहत पौरुष और उसे अदालत निश्चय ही क्षमा कर सकती थी। किन्तु एक तो बचपन से ही मैं विधाता की आँखों का काँटा था, उस पर विशालाक्षी वेश्या की दत्तक पुत्री थी, उससे विवाह कर मैंने बहुत पहले ही पिता को शत्रु बना लिया था। उधर जब जघन्य हत्या का मुकदमा मुझ पर चल रहा था, तब ही बैंक की खयानत ने भी मुझे पकड़ लिया। एक बात और भी मेरे अपराध को जघन्य बना गई थी। विशालाक्षी के पोस्टमार्टम ने एक सत्य को और उद्‌घाटित कर दिया था। वह गर्भवती थी। यद्यपि मुझे पूर्ण विश्वास है उस अजन्मा सन्तान का जनक मैं नहीं, अखिलन ही था, फिर भी भावी जननी की हत्या साधारण हत्या के दायरे में नहीं आती। उस पर अखिलन की गर्भवती पत्नी ने भी पति की हत्या का समाचार सुनते ही आत्महत्या कर ली। एकसाथ तीन हत्याओं के हत्यारे को भला कौन अदालत क्षमा करती? सजा मिली, जानती हो? फाँसी..." उसकी करुण आँखें दूसरी बार मुझसे टकराईं। जीवन में पहली बार मुझे उस अभागे पर तरस आया।

"चिन्ता एक ही थी।" वह कहने लगा, "सुना था, ऐसी मौत मरने वाला उस लोक में भी बड़ी अशान्ति में भटकता है। गया की प्रेतशिला का पिंडदान

भी उसकी आत्मा को शान्ति नहीं दे पाता..." एक लम्बी साँस खींचकर वह फिर चुप हो गया। मैं अब तक एक शब्द भी नहीं बोली थी। मैंने देखा, उसकी आँखों से पश्चात्ताप के आँसू बड़ी-बड़ी वर्षा की सी बूँदों में टपकते उसके पिचके कपोलों को भिगो रहे थे। एकाएक मेरी सहानुभूतिपूर्ण दृष्टि का आभास पाते ही वह किसी बेंत खा रहे बच्चे-सा ही सुबकने लगा। मैंने किसी वयस्क पुरुष को ऐसे रोते पहले कभी नहीं देखा था।

"राघवन, दुखी मत हो।" बिना किसी हिचक के मैंने उसके सिसकियों से काँपते स्कन्धों को थपथपाकर कहा, तो स्वयं आश्चर्य हुआ। जिसे देखकर ही मैं कभी घृणा से सिहर उठती थी, उसका स्पर्श मैं बिना किसी हिचक के उस दिन कैसे सहन कर सकी, मुझे आज भी कभी-कभी सोचकर आश्चर्य होता है। बढ़ती वयस मनुष्य को शायद उत्तरोतर सहिष्णु बनाती चली जाती है। "सुनो राघवन, तुम्हें याद है ना, हमारी बुधवार की प्रार्थना सभा में आचार्य क्षितिमोहन सेन हमें चार पंक्तियाँ अवश्य सुनाते थे :

'तमसो मा ज्योतिर्गमय
असतोमासतगमय, मृतोर्माअमृतं गमय—
अन्धकार थेके आमादेर आलोते निमे जाओ
असत्ये थेके सत्ये नये जाओ।'

...तोमार जे दोक्खिन मुख! उसी नाम का स्मरण कर, राघवन! तुम्हें फिर परलोक का भय नहीं सताएगा।"

अपने उस उपदेश की व्यर्थता का आभास तो मुझे बहुत बाद में मिला। उस अभागे को क्या अब परलोक का भय रह गया था? मेरी बात आधी ही सुन वह एकाएक किसी नींद में चलने के अभ्यस्त अर्ध-जागृत यात्री-सा उठा और बिना कुछ कहे, बिना मेरी ओर देखे, बिना गाड़ी रुकने की प्रतीक्षा किए उठकर चला गया।

एक बार जी में आया, लपककर चटखनी चढ़ा दूँ। ऐसा सुअवसर फिर नहीं जुटेगा। पर फिर सिसकियों से काँपते उन दुर्बल कन्धों और काले, पिचके, कपोलों पर बहती आँसुओं की बड़ी-बड़ी बूँदों की स्मृति मुझे दुर्बल बना गई।

मेरा वह क्लान्त, दुखी सहपाठी भले ही खाल से गले, दुरदुराए, श्वान-सा दयनीय अतिथि क्यों न हो, यदि मेरी सहानुभूति की छाया में कुछ क्षण सुस्ता भी ले तो मेरा क्या बिगाड़ लेगा?

पर वह नहीं आया। मद्रास से हैदराबाद गई और अनेक पुराने सहपाठी-सहपाठिनियों का अता-पता ढूँढ़, फोन कर उन्हें अपने होटल में एकत्रित किया, तो अवाक् रह गई। क्रूर कालचक्र क्या किसी को नहीं छोड़ता? कितने बदल गए थे सब! किन्तु स्नेह वही था। कितने पुष्पगुच्छ और कितने पुष्पहार! कितनी सुखद स्मृतियों के गड़े मुर्दे खोद-खोदकर निकाले गए। कितनी पिकनिकों, कितने उत्सवों की स्मृति फिर सजीव हो उठी! तब ही अचानक मुझे सिसकियों से काँपते राघवन के कन्धे याद आ गए।

"तुम लोग जानते हो, मुझे ट्रेन में इस बार कौन मिला?"

"कौन?" सबने एकसाथ पूछा।

"राघवन! बड़ा तरस आया बेचारे पर।"

"कौन मिला? क्या कहा तुमने?" शंकर ने पूछा।

"राघवन!" मैंने कहा।

"भीमरति छरेछे नाकी (पागल हुई हो क्या)? उसे तो फाँसी हुए ही पन्द्रह साल हो गए। मैं ही उसकी डैड बॉडी लेने गया था। उसके पिता मेरे रिश्ते के चाचा लगते थे। उन्होंने जाने से साफ इनकार कर दिया। इसी से अपने बड़े भाई के साथ मैं ही बॉडी क्लेम करने गया था, और हम दोनों भाइयों ने ही गोदावरी तट पर उसका अन्तिम संस्कार किया था।"

"कहीं किसी और की बॉडी क्लेम कर चिता पर तो नहीं धर आए?" मैंने बड़ी चेष्टा से हँसकर पूछा। उधर मेरा हृतपिंड बड़ी दुराशा से घड़ी के पेंडुलम-सा धड़ फाड़े डाल रहा था कि शंकर कह दे 'हाँ, भाई, मुँह नहीं देखा। सील्ड बॉडी थी।'

'नहीं जी, राघवन के चेहरे को पहचानने में भला कोई भूल कर सकता है? एकदम वैसा ही था। केवल गाल कुछ पिचक गए थे, और जिस दाँत को तुम्हारे भाई ने तोड़ा था, उस पर सोना मढ़ा लिया था बेचारे ने। शायद तुम्हारे ही स्मृतिचिह्न को गौरव प्रदान करने!" शंकर ने सामान्य रसिकता करने की चेष्टा की। पर उसका परिहास मुझे नहीं गुदगुदा पाया।

मुझे तो लगा, मेरी ट्रेन एक बार फिर उन सात अन्धी सुंरगों से गुजर रही है, और मैं राघवन के सिसकियों से काँपते कन्धों को थपथापाती हूँ :

"तोमार जे दोक्खिन मुख
तोमार जे दोक्खिन मुख!..."

ज्यूडिथ से जयन्ती

बीच से तनिक चिरे उस कार्ड को देखकर ही मैं सहम गई थी। पहाड़ में, ऐसे मनहूस पोस्टकार्ड पर, यदि भूले से भी सौर्टर की दृष्टि पड़ जाती है तो वह उसे बड़ी तत्परता से, बीचोबीच हल्का-सा चीर देता है, यह मैं जानती थी। मेरी आशंका निर्मूल नहीं थी। 'रामस्मरण' के नीचे वैसी ही औपचारिक संक्षिप्त पंक्तियाँ थीं, जैसी ऐसे दुःसंवाद देने के लिए व्यवहृत होती हैं।

'कल प्रातःकाल हृदयगति अचानक बन्द हो जाने से, मंझल'दी का देहावसान हो गया। ईश्वरेच्छा बलवती—'

—'नवीन'

बड़ी देर तक मैं उस कार्ड को हाथ में लिये बैठी ही रह गई थी, फिर मेरे मुँह से एक लम्बी साँस निकल गई। भूल से लिख गया था बेचारा नवीन! उसकी मंझल'दी की हृदयगति अचानक बन्द नहीं हुई। ईमानदारी से देखा जाए तो वह धड़कन, एक वर्ष पूर्व ही बन्द हो चुकी थी। जो देह अब तक विवशता से पैर घसीटती चल-फिर रही थी, वह थी रमा दी की निष्प्राण-मुर्दा देह!

उस विलक्षण व्यक्तित्व का कैशोर्य, यौवन सब कुछ जिस तीव्र गति से, समय से पूर्व ही आकर उन्हें निगलता रहा था, ठीक उसी गति से मृत्यु ने भी उन्हें असमय ही दबोच लिया। नहीं तो बयालीस वर्ष की उम्र क्या मरने की उम्र होती है? विदेश में तो इस उम्र में भी नारी युवती रूप में ही अपना परिचय देती है। और बेचारी रमा'दी! जिनका अभी एक बाल भी सफेद नहीं हुआ था, जिनकी सफेद झकझकाती दन्तपंक्ति देख अनायास ही किसी दक्ष दन्त-विशेषज्ञ के बने नकली डेंचर का भ्रम होता था, जिनकी गठी-कसी देह की सुदृढ़ मनोहारी गठन, अब भी ऐतिहासिक लालकिले-सी मोहक लगती

थी, आज वही रमा दी बिना किसी से कुछ कहे, अचानक हृदयगति बन्द कर चुपचाप चिता पर जाकर लेट गईं।

रमा'दी मेरे दूर के रिश्ते के ताऊ की सबसे छोटी पुत्री थीं। 'रुक्मिणी, क्षमा और रमा, ये तीनों मेरी खष्टी देवियाँ हैं,' ताऊ कहते, 'और यह रमा है मेरी लक्ष्मी, इसी से तो पीठ पीछे केसा राजकुँअर-सा भाई लाई है।'

सुनते थे कि भाई होने पर, बड़े उत्सव से जब पहाड़ी प्रथानुसार, रमा'दी की नाज़ुक पीठ पर गुड़ की भेली फोड़ी गई, तब उनके बन्द मुँह से एक नन्ही-सी चीख भी नहीं निकली थी। बचपन से ही वह शायद समझ गई थीं कि जीवन-भर ऐसी अनेक भेलियाँ उनकी पीठ पर निरन्तर घन की चोट पर फोड़ी जाती रहेंगी। हमारे ताऊ के कुटिल दन्द-फन्दों की, उन दिनों नाना दन्तकथाएँ प्रचलित थीं। ताई की मृत्यु से पूर्व ही उनकी पुत्रियों का विवाह हो चुका था। ताई दिवंगत हुईं, तो नवीन पाँच वर्ष का था, अबोध मातृहीन भाई को, गोदी में लेते ही रमा दी ने, जिस गाम्भीर्य से माँ का रिक्त आसन ग्रहण कर लिया, उसे देखकर सब दंग रह गए। भंडार, चौका, तिजोरी, लेन-देन में उस बालिका ने फिर कभी भूल से भी ठोकर नहीं खाई, पर फिर भी ताऊ अपनी सुसंचालित गृहस्थी से ऊबने लगे! प्रायः ही वह अपनी गृहस्थी अपनी उस दुधमुँही बच्ची को सौंप, अपने किसी स्वर्गगत मित्र की उजड़ी गृहस्थी सम्हालते खिसक जाते, और महीना बिताकर लौटते। धीरे-धीरे, पुराने नौकर, रसोइयों में कानाफूसी होने लगी, पांडेजी का कोई मित्र-वित्र नहीं है, मित्रनी है, उसी दिवगंत सेठ मित्र की सेठानी जिसका विराट शरीर और उससे भी विराट वैभव सम्हालते, पांडेजी की यात्रा की पुनरावृत्ति, उनके लिए एक प्रकार से अनिवार्य हो उठी है।

एक बार तो रमा दी के मनचले रसोइया ने, बीच ही में सेठानी की चिट्ठी भी तिड़ी कर ली थी, फिर तो जानने को कुछ भी बाकी नहीं रहा। अपने उस नंगे पत्र में, सेठानी ने अपने सुदर्शन विजातीय प्रौढ़ प्रेमी के प्रति, जिस भाषा में हृदय के उद्गार व्यक्त किए थे, वह थी नौकरों के ही स्तर की 'किस्सा तोता-मैना' और 'रानी सारंगा' की भाषा, इसी से उसे समझने में, उन्हें विलम्ब नहीं हुआ। पहले उस पत्र के चटखारे, सागरपेशे तक ही सीमित रहे, फिर एक दिन वह रहस्य, पूरे शहर में, सूर्य के प्रखर आलोक की भाँति फैल गया। ताऊ ख्यातिप्राप्त, क्रिमिनल लायर थे, इसी से धन का उन्हें कभी अभाव नहीं रहा, पर ताई की मृत्यु के बाद, वकालत छोड़ देने

पर भी समृद्धि जैसे उनके घर का छप्पर फाड़कर टपकने लगी थी। एक से एक बढ़िया झाड़-फानूस, चाँदी के जग-गिलास, थाली-कटोरियाँ, उनकी अँगुलियों में चमकती नित्य नवीन असली विद्रुममाणिक्यादि की अँगूठियाँ, उनके वृषभस्कन्धों से लटकते, पाँच-पाँच सौ के पश्मीने देख, जहाँ उनके कटु आलोचकों के मुँह खुलते, वहीं चट से उन्हें एक आला दावत देकर, हमारे व्यवहार-कुशल ताऊ उनका वह खुला मुँह बन्द कर देते।

नवीन को, उन्होंने अब नैनीताल के अंग्रेजी स्कूल में डाल दिया था और रमा 'दी का नाम, हमारे स्कूल में लिखवा दिया गया। रमा 'दी के हमारे स्कूल में आते ही, अध्यापिकाओं से लेकर छात्राओं तक में, गम्भीर-शान्त बालिका से आत्मीयता-स्थापना करने की होड़-सी लग गई थी। कैसे-कैसे कपड़े पहनकर आती थी लड़की! एक से एक बढ़िया, चौड़े कन्ने की साड़ियाँ, चमड़े की अटैची में बस्ता, तीन-तीन इंची रेशमी फीते में बँधी चोटियाँ और पीछे-पीछे चल रहीं दो-दो नौकरानियाँ! पर एक रमा 'दी थीं कि न आवश्यकता से अधिक एक इंच इधर मुँह खोलतीं न उधर। कभी किसी ने बहुत खोद-खाद की तो अपनी शान्त-निविड़ दृष्टि का हल्का-सा चाबुक मार देतीं और सब सहमकर इधर-उधर खिसक जातीं। अन्त तक, एक मैं ही उनके पास रह गई थी। मैं उनसे न कुछ पूछती, न अधिक बोलती, फिर भी खाने की छुट्टी का घंटा बजता और बूढ़े भट्टजी, अपनी भारी-भारी बेंहगी के भार से दुहरे होकर हाँक लगाते, 'आओ री लड़कियों, चटपटे आलू' तो रमा 'दी क्षण-भर को अपने अस्वाभाविक गाम्भीर्य की केंचुली दूर फेंक मुझे हाथ पकड़कर घसीट ले जातीं। बिना कुछ कहे ही, वह नित्य एक दोना मुझे थमा, दूसरा स्वयं थाम लेतीं। यही हमारी मैत्री का विचित्र आरम्भ था।

हमारे ताऊ, एक व्यक्तित्व-सम्पन्न रौबीले सुपुरुष थे। गृह की सज्जा, नौकरों का चयन, स्वयं अपनी वेशभूषा में, सर्वत्र उनकी मौलिक रुचि की सुस्पष्ट छाप रहती। रमा'दी की बैठक की खिड़कियों के रंगीन काँच पर लगे फ्रेंचलेस के पर्दे, कमरे में बिछे धारचूला के एक्सपोर्ट क्वालिटी के कालीन, जिनके गहरे रंगों का कौशलपूर्ण सम्मिश्रण कदम रखने में भी अतिथियों को सहमा देता; दीवार पर लगा किसी विदेशी चित्रकार द्वारा अंकित वर्षास्नात पर्वतश्रेणियों का ऐसा जीवन्त चित्र कि मन करता हाथ बढ़ाकर देवदारु की भीगी टहनियों को हिला फर्श पर बूँदें टपका दें। दूसरी ओर, स्वयं ताऊ का कचहरी की पोशाक में खींचा गया अनुपम चित्र टँगा रहता। एक कोने में,

चाँदी के धतल तारों में गुँथी हुक्के की टेढ़ी-मेढ़ी नली, दीवार पर लगी एक कील के सहारे टँगी रहती। उस खुशबूदार अंबरी तम्बाकू की दमदार सुगन्ध सात-सात कमरे पार कर भी, हमें विभोर कर जाती। किन्तु, विभिन्न स्तर के धूम्रपान के साथ, ताऊ की वेशभूषा भी भिन्न रहती। कभी प्लसफोर और गौल्फ की तिरछी कैप लगाकर ताऊ गोल्फ खेलने, रानीखेत जाते, तो हाथ में रहता बालिश्त-भर का चुरुट, कचहरी की पोशाक के साथ चलती सिगरेट! और जब ताऊ की होली की बैठक जमती, तब हाथ में रहती गुड़गुड़ी की पेंचदार नली! तब उनकी वेशभूषा रहती ठेठ पहाड़ी—राख के रंग का चूड़ीदारनुमा पाजामा, जिसका कामदार रेशमी नाड़ा शायद जान-बूझकर ही देखनेवालों की आँखें विस्फारित करने नीचे लटका दिया जाता, नाना फीतों से इधर-उधर तितलियों में सा बँधा अंगरखा, और ललाट तक झुक आई गरम कश्मीरी टोपी। कन्धों पर शाल लपेट, ताऊ कभी रंग में आकर हारमोनियम अपनी ओर खींच, एक से एक अनूठी होली गाने लगते। फानुन की कुमाऊँगी बयार हिमस्पर्श से स्वयं ही सिहरी रहती, उस पर ताऊ के गुरु-गम्भीर मांसल कंठ की जादूगरी तड़प—

अपनो वीरन मोहे दे री ननदी।
मैं होली खेलने जाऊँ वृन्दावन।

मुझे तो आज भी यही लगता है कि पहाड़ी होली की मिठास को, कभी कोई और होली पा ही नहीं सकती, एक-एक आरोह, एक-एक अवरोह, मीठी मुरकियाँ, तोड़-मरोड़, सुनने वाले को अदृश्य अबीर-गुलाल से रँग कर रसमत्त कर उठती हैं। उस पर कुछ ताऊ का उस्तादी गला, कुछ उनका अपूर्व आत्मविश्वास श्रोताओं को मुग्ध कर देता।

कभी-कभी तो, रात-रात भर होली की वह बैठक चलती रहती। उस दिन रमा 'दी मुझे जबर्दस्ती वहीं रोक लेतीं। वैसे हमें बैठक में जाने की सख़्त मनाही थी, पर फिर भी द्वार की दरारों, चिलमन-पर्दों की आड़ से आँखें सटाने से भला हमें कौन रोक सकता था! पर कहते हैं कि पाप की कमाई कभी टिकती नहीं, चलनी में धरी जलराशि की ही भाँति देखते-देखते बह जाती है। ऐसा ही अन्त एक दिन ताऊ की समृद्धि का भी हुआ। बड़े दिन की दावत में कटी टर्कियों के नुचे हुए पंख भी अभी रमा 'दी के पिछवाड़े बिखरे ही थे कि हाथ की पेंचदार गुड़गुड़ी हाथ ही में थामे, ताऊ की निष्प्राण गर्दन नीचे लटक गई थी। ब्लडप्रेशर के पुराने मरीज़ थे, उस पर शरीर पर

किए गए अत्याचार क्या एक-आध थे? शरीर से कुछ भी करें, अन्तःकरण के चाबुक तो बराबर उनकी चमड़ी उधेड़ते रहे होंगे! साध्वी पत्नी का शान्त चेहरा, साल में दस महीने, स्वयं अपनी सुविधा के लिए दूर ठेल दिया गया पुत्र, असमय ही गृहभार से दुहरी हुई जा रही पुत्री का अमानवीय गाम्भीर्य और सर्वोपरि मृत मित्र की पत्नी की मेदबहुल थुलथुली बाँहों के प्रगाढ़ आलिंगन की स्मृति, क्या कभी-कभी अजगर की कुंडली की भाँति उनका दम नहीं घोट देती होगी?

ताऊ की मृत्यु के साथ ही, उनके कर्ज़दारों ने, देखते ही देखते उनकी सजी-धजी हवेली नोंच-नोंचकर रख दी। भानजे को, रमा 'दी के मामा अल्मोड़ा ले आए और वहीं के टाउन स्कूल में वह अब देहाती लड़कों की टाट बिछी कक्षा में बैठकर पढ़ने लगा। स्कूल ब्लेजर और तिरछी बैर का स्थान, अब ललाट तक झुकी टोपी ने ले लिया। जिस नन्हें दुरन्त बालक को, झब्बेदार आयरिश पादरी बड़े मनोयोग से, डिकेन्स और किपलिंग की रोचक कहानियाँ सुनाकर बाँध रहे थे, उसे अब पहाड़ की गालियाँ बाँधने लगीं। साथियों की सोहबत में, हथेली पर पटापट चरस मलकर गोलियाँ बनाने, और बल्ढौटी के फील्ड में फुटबाल की गगनचुम्बी हिट मारने में उसे अपूर्व आनन्द आने लगा। न यहाँ उन विदेशी शिक्षकों का कठोर अनुशासन था, न एक सौ आठ आईन-कानून! अब वह अपने इस पितृहीन नन्हें संसार का निरंकुश सम्राट था। भय था केवल क्रूर मामी और रमा 'दी का! जैसे-तैसे इंटर पास कर रमा दी का विवाह कर दिया गया। दोनों बहनें आकर खूब रोई-धोईं भी, पर विवाह न रुका।

"हाय कैसे लाड़-प्यार की पली बहन थी हमारी! हाथ लगने से मैली होती थी! और कोई नहीं मिला मामा, जो इस दुहेजू को ब्याह रहे हो?"

पर निरीह मामा, मामी के हाथ में घूमते काठ के लटटू-मात्र हैं, यह तीनों भानजियाँ खूब समझती थीं।

"क्यों, क्या बुराई है जी लड़के में, जरा मैं भी सुनूँ!" मामी ने गरजकर कहा, "जोशियों का बेटा है, तीस भी कोई उम्र होती है क्या? न बाल, न बच्चे! उस पर पहली पत्नी का बहुत-सा ज़ेवर धरा है, खूब पहनेगी और राज करेगी!"

पर जैसा राज किया था रमा'दी ने!—मुझसे क्या उन्होंने कभी कुछ छिपाया था? जिस व्यक्ति से उनका विवाह हुआ, उसने विवशता से ही उनसे

विवाह किया है, यह वह पहले ही दिन जान गईं। परिचय की जिस प्रथम रात्रि के उन्होंने कभी मीठे सपने देखे थे, वह देखते ही देखते पति की सिसकियों में कट गई। रात-भर, वह अपनी पहली पत्नी के प्रति किए गए, अपने विश्वासघात के पश्चात्ताप में ही सिसकता रहा।

"हाय उसने बीमारी में कितना दुख सहा! और मैं अभागा उसकी स्मृति को भुला आठवें ही महीने, फिर मौर बाँधकर दूल्हा बन गया! अगर उसकी जगह मैं मर गया होता, तो क्या वह कभी ऐसा कर सकती थी? मैं कभी भी यह विवाह नहीं करता, जानती हो क्यों किया?" फिर वह अपनी उन्मत्त लाल प्रेमविधुर आँखों से घूरता, बरेली के कामदार कपड़ों में गठरी बनी रमा'दी की ओर मुड़ गया था, "क्योंकि मरने से पहले उसने मुझसे यही एक अनुरोध तो किया था—अपनी बड़ी-बड़ी आँखें, मेरी आँखों में डालकर उसने कहा था—अच्छी-सी लड़की देखकर तुम फिर शादी कर लेना...तुम हाँ नहीं कहोगे तो मैं शान्ति से नहीं मर पाऊँगी।"

और वह फिर घुटनों में सिर डाल, किसी मेले में खो गए बच्चे की ही भाँति सुबकने लगा था।

मुझे तो लगता है, रमा'दी की हृदयगति की स्वाभाविक धड़कन, उसी रात को धीमी पड़ गई थी। फिर वर्षों तक वह हृदय, बड़ी विवशता से, अस्वाभाविक धड़कनों में ही धड़कता रहा। 'क्यों जी रमा'दी, अब क्या हाल हैं हमारे जीजाजी के?' मैं हँसकर उन्हें छेड़ती तो एक पल को उनकी आँखों में भी चुहल के परिन्दे चहकने लगते। 'चंचरीक जिमि चम्पक बागा' वह हँसकर कहतीं—पर उस हँसी में भी छिपे आँसुओं की खनक को मैं स्पष्ट सुन लेती। दुर्भाग्य से, सौत के बक्से में धरी, रेशमी फीते में बँधी, उसके प्रेम-पत्रों की एक पोटली भी उन्हें मिल गई थी। न चाहने पर भी रमा'दी, छिप-छिपकर, दीमक बनी चाट गई थीं। ओफ़, सौत तो उनकी सामान्य पढ़ी-लिखी थी, तब क्या दोनों का अटल प्रेम ही उस भाषा को ऐसे सँवार गया था? विवाह के बाद, पहली बार मायके की संक्षिप्त यात्रा के विरहजनित पत्र, पति की ट्रेनिंग में, लम्बे विछोह की व्यथा व्यक्त करने के लिए लिखे गए पत्र और अन्त में, असाध्य बीमारी के बीच, आसन्न मृत्यु की ज्वाला से त्रस्त होकर लिखे गए पत्र। रमा'दी जान गई थीं कि प्रणयी का प्रेम पाने की उनकी व्यर्थाशा कभी पनप नहीं सकती। पति का साहचर्य ही उन्हें मिल सकता है, प्रेम नहीं। आश्चर्य होता है कि फिर भी रमा'दी अपने उस

पाषाणहृदय पति पर जान छिड़कती थीं। उठते-बैठते, सोते-जागते, वह निरन्तर एक आदर्श पत्नी बनी छाया-सी पति के पीछे-पीछे घूमतीं। ऐसा चिड़चिड़ा, क्रोधी और नीरस व्यक्ति मैंने अपने जीवन में कोई नहीं देखा। एक से एक सुन्दरी सरहज, सालियों की उपस्थिति भी, उस काठ के पुतले को, कभी गुदगुदा नहीं पाई। वैसे तो रमा'दी, नाम में ही नहीं, गुणों में साक्षात रमा थीं। कपड़े सिलने में, बुनाई में, लूम लगाकर गलीचे, थुल्मे बनाने में, उनकी पेशेवर दक्षता देखकर, मैं कभी-कभी दंग रह जाती थी, पर पाचिका के पीढ़े पर बैठकर तो, सचमुच ही साक्षात अन्नपूर्णा आकर, उनके कराग्र में बैठ जातीं और उनकी लम्बी-लम्बी अँगुलियों से रस टपकाने लगतीं। इमरती, बालूशाही जैसी दुरूह मिठाइयाँ बनाने में भी, वह किसी भी सुख्यात हलवाई को अँगूठा दिखा सकती थीं, पर मज़ाल है जो हमारे अरसिक जीजाजी ने कभी 'वाह' भी कहा हो! खा-पी पल्ला झाड़ते उठते, और एक न एक नाम धर ही देते।

'इमरती थोड़ी नरम कम है' या 'जलेबी में रस नहीं गया भीतर'।

मेरे जी में आता, अपने उस शुष्क काष्ठ-से जीजा को झकझोरकर कह दूँ—'रस इनके भीतर तो खूब गया है जीजाजी, नहीं गया है तुम्हारी इस भावनाहीन ठठरी के बीच!'

रमा'दी पूड़ी बनातीं तो साँचे में ढली, न एक छोटी न बड़ी! पर जीजा वहाँ भी तुरुप लगा देते—"उँह, मोमन कम है, और यह कद्दू क्यों छौंक दिया जी सौंफ से?"

मैं बाद में कहती, "रमा'दी ऐसा स्वादिष्ट कद्दू का शौक तो मैंने आज तक नहीं खाया, मैं तुम्हारी जगह होती तो पूरा कद्दू ही उठाकर मार देती उनके सर पर।"

पर रमा'दी के शान्त चेहरे पर सामान्य-सी शिकन भी नहीं उभरती। लगता किसी प्राचीन देवालय में प्रतिष्ठित देवमूर्ति से निःसृत अथाह शान्ति देखने वाले के मन-प्राण को सींच रही है, उनके उस मौन स्मित का स्पर्श-ग्राह्य परिमल मेरी समस्त जिज्ञासा, समस्त कौतूहल स्वयं ही शान्त कर देता। फिर भी, मुझे हमेशा यही लगता कि रमा'दी के साथ विधाता ने जन्म से मृत्यु तक, केवल अन्याय ही किया है। कहने को तो कहते हैं कि बारह साल में घूरे के भी दिन फिरते हैं, पर कहाँ फिरे उनके दिन?

यह सच है कि मायावी सृष्टिकर्ता की लीला जितनी ही अगम्य है, उतनी

ही दुरुह भी, पर मुझे यह सत्य आज और भी असह्य होकर सालने लगा है कि दैवी प्रशासन रमा'दी के लिए आरम्भ से अन्त तक जटिल ही बना रहा। भरी जवानी में उन्हें वैधव्य ने श्रीहीन ही नहीं किया, दीन-हीन भी बना दिया। अबोध पुत्र को लेकर वह कहाँ जा सकती थीं? न सास, न ससुर, न कोई आत्मीय, जो थे उन्होंने औपचारिक सान्त्वना के अतिरिक्त उन्हें किसी भी प्रकार के संरक्षण के लिए आश्वस्त नहीं किया। इसी से वह कर्मठ नारी, एक बार फिर दैवी प्रशासन के सम्मुख, उसी समर्पण-भावना से झुक गई। इधर-उधर भाग-दौड़कर, उन्हें एक स्कूल में नौकरी जुट गई। वहीं से प्राइवेट बी. ए., एम. ए. कर उन्होंने ट्रेनिंग भी कर ली और मुझे पहली बार उनके क्रमशः उज्ज्वल हो रहे भविष्य की क्षणिक झाँकी ने आश्वस्त किया। पुत्र सयाना हो गया था, नौकरी ने अर्दली, दाई भी जुटा दी थी। जब कभी मिलतीं, अपने मेधावी पुत्र की प्रगति का समाचार देना नहीं भूलतीं। किन्तु, मुझे पुत्र की शिक्षा में की जा रही उनकी कटौती बेहद खलती और मैं उन्हें निस्संकोच टोक भी देती।

"एक ही तो लड़का है तुम्हारा, इन फंड के रुपयों का क्या अचार डालोगी? बेहूदे-से स्कूल में उसे पढ़ा रही हो, क्यों किसी अंग्रेजी पब्लिक स्कूल में नहीं डाल देतीं?"

"मेरा लड़का खरा सोना है बहन," वह कहतीं, "प्रतिभाशाली छात्र किसी पब्लिक स्कूल की बैसाखियाँ नहीं माँगता, उसकी प्रतिभा के सोने में कोई मिलावट नहीं है, यह मैं खूब परख चुकी हूँ।"

"खरा सोना भी किसी फूहड़ अनाड़ी सुनार के हाथ में पड़कर चौपट हो जाता है रमा'दी," मैं कहती, "अब ज़माना खरे सोने के बने गहनों का नहीं है, समझीं! जो ज़रा पहना तो इधर लत से पिचका, उधर पत्त से! अच्छे गहने गढ़ने के लिए, दो ही चीज़ें समान रूप से आवश्यक हैं। चतुर सुघड़ सुनार और ताँबे की उचित मात्रा में मिलाई गई बनावट का सन्तुलन! तुम्हारे ये देशी स्कूल अब क्या हमारे-तुम्हारे देशी स्कूल रह गए हैं?"

पर रमा'दी चुपचाप हँसती रहतीं। समय कितनी जल्दी बीत जाता है इसका आभास मुझे तब हुआ जब एक दिन रमा'दी ने मुझे अशोक के सम्मानसहित सम्पूर्ण रूप से इंजीनियर बनने की सूचना दी। सच कहती हूँ, उतनी प्रसन्नता मुझे शायद अपने पुत्र की सफलता से भी नहीं हुई थी। लगता था रमा'दी ने सचमुच ही अब अपने जीवन के औबस्टैकल रेस का

अन्तिम हर्डल लाँघ लिया है। फिर एक दिन अशोक, माँ के साथ ही मुझसे मिलने आया, तो मैं उसे पहचान ही नहीं सकी।

"हाय राम, रमा'दी यह तो तुम्हारा भाई लगता है जी, कौन कहेगा तुम इस जवान, लम्बे-चौड़े इंजीनियर की माँ हो!"

गर्व से दमकती, उस तेजस्वी जननी की दीप्त-तृप्त हँसी को, यदि कोई चतुर चितेरा उस दिन आँक पाता, तो निश्चय ही वह दैवी स्मित एक दिन मोनालिसा के स्मित को भी मलिन कर सकता था।

"अरी, अब चटपट मेरी कहानी लिख डाल, दुनिया-भर की कहानियाँ तो लिख डालीं तूने। कुमाऊँ की सब ही लिखने लायक प्रेमकथाएँ तो लिख चुकी है तू! एक मैं ही बची हूँ।" पहली बार, गम्भीर रमा'दी को पुत्र की सफलता ने मुखर बना दिया था।

"लिखूँगी, लिखूँगी, जल्दी क्या है!" मैंने कहा था। बेचारी रमा'दी, उनकी प्रेम-कथा लिखती भी तो कौन पढ़ता उसे? पाठक क्या हमारे पास मूँग की खिचड़ी का पथ्य खाने आता है? कभी-कभी, उसे जान-बूझकर भी कुपथ्य दे, उसकी रसलोलुप जिह्वा को तृप्त करना होता है। उनकी कहानी में था ही क्या? एक ऐसी त्यागमयी, सरला सुन्दरी का अस्वाभाविक जीवन- चरित्र, जिसके कैशोर्य से पहले ही आ गया यौवन, और यौवन से बहुत पहले ही आ गया प्रौढ़त्व! मैं लाख सँवारने पर भी रोचक नहीं बना सकती थी! आज की नारी ही, उसे शायद अरुचि से दूर खिसका देती, किन्तु चलते-चलते स्वयं रमा'दी ही अपने उस नीरस सपाट कथानक हो इतना सरस बनाकर मुझे थमा जाएँगी, यह मैंने कभी स्वप्न में भी नहीं सोचा था।

एक दिन, ट्रंक-काल पर ही रमा'दी ने मुझे बतलाया कि अशोक विशेष छात्रवृत्ति लेकर दो वर्ष के लिए विदेश जा रहा है।

"मूर्ख, मूर्ख रमा'दी," मैंने उन्हें फोन पर ही फटकारा, 'ऐसे सोने के पुतले कुँआरे को विदेश तुम किस दुस्साहस से भेज रही हो? जानती नहीं, वहाँ हमारे इन सुदर्शन कुँआरे का छायाग्रास ग्रहण करने, कैसी-कैसी सिंहनियाँ मुँह बाए बैठी रहती हैं!"

"मेरे अशोक को तूने बचपन से ही देखा है," उन्होंने कहा था, "घर आने पर जो कभी जनेऊ कान पर चढ़ाने पर भी, मुझसे बिना पूछे दिशा-जंगल नहीं गया, वह क्या कभी किसी सिंहनी का ग्रास बन सकता है?"

घर के भीतर और घर के बाहर की परिधि के अन्तर को, संस्कारी

परिवेश में पली, आज से बीस वर्ष पूर्व की मान्यताओं को बन्दरिया के मरे बच्चे की भाँति छाती से चिपकाए जी रही भोली रमा'दी भला समझ भी कैसे सकती थीं? जिसने, स्वयं अपना पेट काट, पुत्र को आज इस योग्य बनाया था, उसने तो अपना मूल्य बड़ी ईमानदारी से ही आँककर मुझे उत्तर दिया था। किन्तु आज तक इस संसार में किस मनुष्य को, उसके जीवनकाल में ही, उसके गुणों का समुचित मूल्य मिल पाया है? स्वयं न्यायप्रिय विधाता भी तो कुटिल बगुले को ही उजले पंखों की महिमा से मंडित करता है—गुणी कोकिला को नहीं!

फिर जब कभी पहाड़ जाती, रमा'दी अपनी भावी पुत्रवधू के लिए संकलित सोहाग-पिटारी की नाना प्रकार की सामग्रियाँ मुझे दिखलातीं, स्वयं वर्षों पूर्व की नवेली बन जातीं, ''यह कंगन मैंने बरेली वाली चाची से बनवाए हैं, और यह नथ, अपनी वाली नथ तुड़वाकर गढ़वाई है।''

"कैसी मूर्ख हो जी तुम? तुड़वाई क्यों! वैसी नथ अब कहीं बन सकती है? उसे ही क्यों नहीं रख दिया?'' पर फिर उसी क्षण, मेरा मूर्ख प्रस्ताव उलटकर मुझे वहीं चाँटा-सा मार गया। रमा'दी को मैं क्या नहीं जानती थी? कहीं जाने लगतीं, और कोई छींक भी देता तो पट से वह उल्टे पाँव लौट आती थीं। ऐसे शगुन-अशगुन मानने वाली रमा'दी, क्या कभी अपने क्षत सौभाग्य का स्मृतिचिह्न नई बहू को दे सकती थीं?

''कैसे रख देती पगली, वह क्या किसी सुहागिन की नथ थी?'' वैधव्य की स्मृति ने उन्हें सहसा खिन्न कर दिया और मैंने खिसियाकर उन्हें गुदगुदाया—''सुनो जी, रमा'दी, खूब अच्छी-तीखी गोरी नाक देखकर ही लड़की छाँटना...''

''ठीक ही कह रही है तू, घूँघट उठाते ही साँवली चपटी नाक पर लटकती यह नथ क्या खाक अच्छी लगेगी...देख क्या होता है...'' उन्होंने मुझे ऐसी दृष्टि से देखा, जैसे उनकी आँखों में किसी ऐसी ही लड़की का चेहरा तैर रहा हो!

''क्यों जी रमा'दी, बड़ी गहरी हो तुम, कहीं कोई लड़की मन ही मन पसन्द तो नहीं कर ली?'' मैंने गम्भीर होकर पूछा।

रमा'दी ने लपककर मेरा हाथ पकड़ लिया, ''हाँ, पसन्द कर ली है, बताऊँ? बुरा तो नहीं मानोगी?''

''हाय राम, मैं बुरा क्यों मानने लगी भला! कैसी बहकी-बहकी बातें कर

रही हो आज? कौन है आखिर?''

''तेरी लड़की,'' उन्होंने फिर मेरा फक पड़ गया चेहरा देखते ही मेरा हाथ छोड़ दिया। खिन्न हँसी हँसकर कहने लगी, ''बुरा मान गई ना? मैं तो मज़ाक कर रही थी। मैं हूँ एक गरीब मास्टरनी, न रहने का ठिकाना, न गाँठ में एक छदम्मी! कहाँ तेरी बेटी का रिश्ता माँग सकती हूँ पगली...''

''रमा'दी, लगता है समय से पहले ही सठिया रही हो तुम,'' मैंने हँसकर बात बनाने की चेष्टा की, पर मेरी बनावटी हँसी मेरे होंठों पर ही सूख गई, फिसलती ज़मीन पर मेरे पाँव टिक नहीं पाए।

''तुम मेरे ताऊ की लड़की हो, शादी हो ही कैसे सकती है?''

''खूब हो सकती है।'' उनके संयत स्वर की दृढ़ता ने मेरे व्यर्थ तर्क-वितर्क को झाड़-बुहारकर दूर फेंक दिया, ''मेरे पिता और तेरे पिता का रिश्ता मैत्री का अधिक था, खून का कम। न जाने किस लगड़ते-फगड़ते रिश्ते से दोनों भाई थे, वह भी ममेरे, यानी गोत्र भी एक नहीं। बीच में थीं पाँच पुश्तें! आजकल तो हमारे पहाड़ में तीन-तीन पुश्तों को भी कोई नहीं पूछता। न जाने कितनी सगोत्री शादियाँ हो चुकी हैं! पर हटा भी, मैं तो मज़ाक कर रही थी।''

पर मैं समझ गई कि रमा'दी मज़ाक नहीं कर रही थीं। पल-भर के लिए उनकी करुण आँखों की याचना, एकदम नंगी होकर ही तो मेरी आँखों में उतर गई थी! पर मुझे क्या हो गया था उस दिन! मैं मुँह खोलकर उन्हें उस दिन क्यों नहीं बता पाई कि रमा'दी, मैं तो अपनी पुत्री का रिश्ता लगभग तय कर बैठी हूँ!

पर अब सोचती हूँ, अच्छा ही हुआ मैंने उनका देवतुल्य हृदय नहीं दुखाया—''अभी तो तुम्हारा बेटा विदेश गया है रमा'दी और मेरी बेटी भी पढ़ रही है, फिर देखी जाएगी।'' मैंने कहा।

रमा'दी की आँखें चमक उठीं। उन्होंने बिना कुछ कहे ही, कृतज्ञतापूर्वक मेरा हाथ दबाकर छोड़ दिया।

फिर मेरे कुछ कहने की नौबत ही नहीं आई। उनकी योजना भ्रष्ट की स्वयं उनके प्रवासी पुत्र ने।

मैं जब गर्मियों में पहाड़ गई, तो खबर पाते ही वह भागकर मुझसे मिलने आ गई। मैंने देखा तो अवाक् रह गई। सूखा-काला चेहरा, एकदम सिकुड़ गई देह, लगता था लम्बी बीमारी से उठी हैं।

"यह क्या रमा'दी, एकदम ही मास्टरनी लग रही हो आज! लगता है भावी पुत्रवधू के गहने गढ़वाने में एक ही जून खा रही हो, क्यों?" मैंने हँसकर उनके हाथ थाम लिये।

"गहने अब नहीं गढ़वाऊँगी री, जो गढ़वाए थे, सोच रही हूँ उन्हें भी बेच दूँ!"

"क्यों?" मैंने पूछा तो कौतूहल मेरे कंठ को कँपा गया।

"गहने पहनने वाली बहू अब नहीं आ रही है," उनका स्वर मुझसे भी अधिक काँप रहा था क्या? मैं कुछ-कुछ समझकर भी एकदम अनजान बनी जा रही थी।

"अशोक का 'केबल' आया है, उसके साथ वह कल आ रहा है। लम्बी चिट्ठी पहले ही आ गई थी। वहीं, वह अपनी किसी साथ की अमेरिकन लड़की से शादी करना चाहता है।"

उनकी आँखें नीचे झुकी थीं, जैसे मुझसे आँखें मिलाकर बातें करने में भी उन्हें प्राणान्तक यन्त्रणा हो रही थी।

वह यन्त्रवत् बुदबुदा रही थीं, "लिखा है–एक ही हफ्ते की छुटटी है। विवाह करके फिर वहीं लौट जाएगा।"

मैं कुछ भी नहीं कह पाई। कहती भी क्या? जिस रमा'दी को मैं नींव पर एक-एक ईंट सँजो, अपनी भव्य दर्शनीय अट्टालिका का निर्माण करती देखती आई थी, आज उसी अट्टालिका का निर्माण-कार्य सम्पन्न होते ही, उनके दुर्भाग्य के उस भूकम्पी धक्के से भूमिसात होते देख, मैं गूँगी बनी बैठी रहने के अतिरिक्त और कर भी क्या सकती थी!

"अच्छा हुआ तू मौके से आ गई, अब तेरे सहारे सब कुछ कर लूँगी।"

अब तक मैं ऐसे खोखले विवाहों की अनेक नौटंकियाँ देख चुकी हूँ और उतनी ही बार निर्वीर्य क्रोध मेरी रीढ़ की हड्डी झुनझुना देता है! क्या हो गया है हमारी इस घुन लगी युवा-पीढ़ी को? क्या यही उनकी क्रान्ति है? अपने देश की, अपने समाज की, एक से एक गुणी, सुन्दरी कन्याओं को चिरस्वयंवरा रहने का अभिशाप दे, आज वह किस खोखली संस्कृति की मरीचिका में भटके जा रहे हैं? पर न चाहने पर भी मैं उस दिन उस बेमेल नौटंकी के दर्शकों की पंक्ति में बैठ गई थी।

रूढ़िग्रस्त कट्टर पंडितजी, विवाह कराने को एक ही शर्त पर राजी हुए थे। पहले विजातीय कन्या को स्वजातीय बनाकर, हिन्दू धर्म की दीक्षा

देनी होगी।

"विवाह कोई हँसी-खेल नहीं है जजमान!" उन्होंने अशोक से कहा था, "गर्ग-गोत्री ब्राह्मण हो, इस पावन अग्नि के फेरे लगाने हैं तो कायदे से आना होगा, कन्या चाहे फ्रांस की हो, चाहे अमेरिका की।"

विदेश में एक ही वर्ष बिताकर, अशोक का हुलिया ही बदल गया था। कन्धे तक झूलते बाल, चिबुक तक उतर आए काकपक्ष और एक सर्वथा नए ही ठप्पे की बनावटी हँसी, "ठीक है, ठीक है पंडितजी!" उसने दोनों कन्धे उचकाकर, हवा में हाथ फैला दिए!

कितना उदार है हमारा हिन्दू धर्म! कुल पन्द्रह मिनटों में ही, कुछ श्लोकों ने फिर ज्यूडिथ को जयन्ती बना दिया! बनारसी लाल साड़ी में, रमा'दी की साढ़े छह फुटी पुत्रवधु को घेरकर पहाड़ी स्त्रियों की भीड़ फुसफुसा रही थी। अकेली रमा'दी ही, डरी-सहमी चुहिया-सी कोने में दुबकी थीं। एक-दो आधुनिक कन्याओं ने, जयन्ती के सुनहले बालों का ऊँचा जूड़ा बना दिया था। नाक वैसी ही तीखी थी, जिसकी कभी रमा'दी को कामना थी, आँखें नीली और रंग गोरा भभूका था, फिर भी चेहरे में न जाने क्या कमी रह गई थी कि माधुर्य का लवलेश भी नहीं था।

अपने रँगे तीक्ष्ण नाखूनों से, वह बार-बार अपना सुनहला आँचल, उलट-पुलटकर देख रही थी, जैसे नई-नई पकड़ी गई बन्दरिया को, किसी मदारी ने पहली बार रंगीन छींट का लाल लहँगा पहनाया हो और वह आश्चर्य से, उस विचित्र परिधान को उलट-पुलटकर परख रही हो!

फिर उस चेहरे से मेरी आँखों की पुतलियाँ स्वयं ही नीचे फिसलतीं, सहसा स्तब्ध होकर स्थिर हो गईं! अब स्त्रियों की फुसफुसाहट तीव्र हो गई थी—"सुनती है छुटकी," मुँहफट हरुल'दी ने मुझे कुहनी मारी, "आज तो बहू का 'नामकन्द' (नाम-कर्म) देखा, पर लगता है हमारी श्मुली बहू को चार-पाँच महीने में ही दूसरा 'नामकन्द' भी कराना होगा।"

ठीक ही कह रही थी, मेरी अनुभवकुशला जिठानी! बिना किसी डाक्टरी डिग्री के ही वह शहर की ख्यातिप्राप्त 'गाइनोकोलाजिस्ट' थीं। उल्टी बच्चेदानी सीधा करना, खिसकी स्थानच्युत नाभि को अपनी पुष्ट हथेलियों से खींचकर ठीक बिठाना, कमर की हुक को अपने प्रद-प्रहार से चुटकियों में दूर करना उनके बाएँ हाथ का खेल था। उनके कथनानुसार, इस अद्‌भुत शक्ति पर, केवल उसी का कॉपीराइट रह सकता है जिसने अस्वाभाविक रूप से पैरों के

बल जन्म लिया हो।

"मैं तो उल्टी जन्मी थी री, इसी से तो करमजले, सुबह-सुबह ही मेरी लात खाने चले आते हैं," वह कहतीं।

सचमुच ही उनके द्वार पर, कमर पकड़े मरीज़ों की नित्य भीड़ लगी रहती। काँखते-कराहते उन मरीज़ों को, लात खाते ही हँसते-हँसते विदा लेते मैं स्वयं देख चुकी हूँ। कभी-कभी सोचती हूँ, विचित्र रहस्यमय है हमारा यह देश। द्विजेन्द्रलाल राय की ये पंक्तियाँ कैसी खरी उतरती हैं—

'एमन देश टी कोथाय खूँजे
पावे ना को तूमी।'

(ऐसा देश, तुम्हें कहीं खोजने पर भी कभी नहीं मिल सकता।)

सच, एकदम ठीक ही लिखा था उन्होंने! यहाँ आज भी कितने ही ऐसे रहस्य धरे रह गए हैं, जिनकी व्याख्या करने में विज्ञान अपनी गर्दन विवशता से झुका, चुप रह जाता है। जलते-दहकते अंगारों का कौर, मीठे बताशों की भाँति मुँह में रख निगलते कुमाऊँ के 'जागरी जगरिया' जिनकी शत-प्रतिशत सही निकलने वाली भविष्यवाणियाँ सुन, पहाड़ के एक से एक पढ़े-लिखे व्यक्तियों को सम्पूर्ण सम्मान-सहित उनकी पूजार्चना में दुहरे होते मैं स्वयं देख चुकी हूँ।

आज भी पत्थर के बने ये ग्रामदेवता क्यों हमारी रीढ़ की हड्डी में भय की सिरहन दौड़ा देते हैं? चितई के न्यायप्रिय ग्वालदेव, जिनकी मूर्ति के पार्श्व में टँगी सुप्रीम कोर्ट की असंख्य अपीलें इहलौकिक कचहरियों के अन्याय से असन्तुष्ट हो आज भी किस दैवी-न्याय की असीम आस्था में फहराती रहती हैं? कुछ ही समय पूर्व, विजिलैंस की कुटिल डोर में फँसा एक निर्दोष उच्च अधिकारी, जब उन्हीं देवता के सम्मुख घुटने टेककर बैठ गया, तो किस दैवी शक्ति ने, दूध का दूध, पानी का पानी कर, स्वयं विलिजैंस अधिकारी की ही स्थिति दयनीय बना दी थी? विज्ञान के पास इसका कोई उत्तर नहीं है। हरुल'दी की भी इस देवप्रदत्त शक्ति की मैं आज स्पष्ट व्याख्या नहीं कर पा रही हूँ, पर इसमें कोई सन्देह नहीं कि सम्मुख बैठी किसी नारी की इकहरी सपाट देह की चर्म-मज्जा चीरती उनकी तीक्ष्णा दृष्टि, पल-भर में उसका एक्सरे लेकर, बता देती थी कि वह गर्भवती है। फिर ज्यूडिथ का स्पष्ट उभार तो कोई अनाड़ी दाई भी पकड़ सकती थी।

मैंने देखा, रमा'दी अपना चिबुक, दोनों घुटनों पर साधे, स्थिर, अपलक

दृष्टि से हवन की सुगन्धित धूम्ररेखा को देख रही थीं, जैसे पूछ रही हों, इस पावन अग्नि का, यह कैसा परिहास कर रहे हो प्रभो!

हरुल'दी ने, अब बाबा आदम के युग में हाईस्कूल पास किया था, इसी से उनका अंग्रेजी-ज्ञान पर्याप्त था। पूजा समाप्त होते ही, वह ज्यूडिथ से बनी जयन्ती की ओर खिसक गईं। एक तो विधाता ने उसका चेहरा ही विदूषिका का बनाया था। लगता, हर वक्त मर्जाक करने चली आ रही है। उसी चेहरे पर, परिहास की सुनहली किरणें बिखेर, उन्होंने अपनी गुदगुदी हथेली धीरे से ज्यूडिथ के उदर के उभार पर रखकर पूछा, "फैमली वे?" कुछ उनके पूछने के मुदित स्वर, और उसी से मेल खाती, शेक्सपीरियन कोर्ट जेस्टर की सी मुद्रा, कुछ 'फैमली वे' के 'फ' को अपने दोनों मोटे होंठों में भींच, ठेठ पहाड़ी फेंका वाली 'फ' का उच्चारण, उस अल्हड़ विदेशिनी को गुदगुदा गया। अपनी मरालग्रीवा, स्वीकृति-सूचक संकेत में हिलाती, वह हरुल'दी का हाथ पकड़ ज़ोर-ज़ोर से हँसने लगी।

रमा'दी पास ही थीं, इसी से शायद उन्होंने भी जिठानी का निर्लज्ज प्रश्न और अपनी नई बहू का उससे भी निर्लज्ज उत्तर सुन लिया था। उनका गोरा चेहरा स्याह पड़ गया। बताशे की पुड़िया लेकर मैं फिर चुपचाप वहाँ से खिसक आई थी, उस घर की अजीब मनहूस हवा मेरा दम घोंटने लगी थी। कौन कह सकता था कि वहाँ क्षण-भर पूर्व, विवाह जैसा मांगलिक कार्य सम्पन्न हुआ है! लगता था कि नई बहू को नहीं, गोबर-लिपी धरती पर घर के जवान बेटे की लाश को ही घेरे, मुहल्ले-टोले की स्त्रियाँ बैठी हैं!

फिर चौथे ही दिन अशोक अपनी ज्यूडिथ से बनी जयन्ती को लेकर विदेश उड़ गया था। हरुल'दी की भविष्यवाणी खरी ही उतरी थी। चौथे ही महीने रमा'दी को पौत्रलाभ हुआ, किन्तु उस लाभ की सूचना, उन्होंने केवल मुझे ही दी और अपने ही तक सीमित रखने का अनुरोध भी किया था। अन्य स्त्रियों को तो बड़े कौशल से ठीक नवें ही महीने सूचना दी गई थी।

न जाने फिर क्या सोचकर, अशोक ने परिवार-सहित, अपने भारत आने की सूचना दी थी। शायद रूठी माँ को वह अपने चाँद के से टुकड़े का मुँह दिखाकर मनाना चाह रहा था। मैं किसी ग़मी में शरीक होने पहाड़ गई, तो टुकड़ों-टुकड़ों में, मुझे रमा'दी के गृह में घटी दुर्घटना का समाचार मिल चुका था। उनकी मेम बहू जयन्ती नवजात पुत्र को लेकर आई तो सब देखती रह गई थीं। हाय राम, वह क्या नवजात लगता था? पर रमा'दी ने ही चटपट

कैफियत भी दे दी थी, "वहाँ के बच्चे क्या हमारे-तुम्हारे-से बच्चे होते हैं बहन! जन्मते ही तो मरों को चिकन-सूप पिलाया जाता है और चूसनी की जगह मुँह में दी जाती है—बड़ी-सी हड्डी! इसी से गर्भ में से दाढ़ी-मूँछ उगाकर जनमते हैं..."

फिर सबको न्यौत, रमा'दी ने सोहर गवाए, बताशे-लड्डू बाँटे, गोद के बच्चों तक को चाँदी का चमकता पूरा रुपया 'पिठ्या' (तिलक) लगाया! और हरुल'दी ने तो सोहर गाने में सबको हँसा-हँसाकर मार ही दिया था। परिहास-रसिका हरुल'दी ने कैसे-कैसे नए शब्द जोड़ दिए थे, पुराने सोहर गीतों में—

जच्चा महर-महर हरेवा करे
जच्चा किन की को तुम कुलवधू
कवन जनक की धीय
महर-महर हरेवा करे
राजा दशरथ की हम
कुलवधू
राजा निक्सन की धीय
महर-महर हरेवा करे।

पर फिर सहसा वज्रपात हुआ। सास से लड़-झगड़, उनकी जयन्ती फिर ज्यूडिथ बनकर पति, पुत्र सहित विदेश उड़ गई। जाते-जाते कह गई—अब वह भूलकर भी भारत का मुँह नहीं देखेगी। रमा'दी से कह गई, 'विच, चुड़ैल, जादूगरनी!'

रमा'दी जैसी सन्तनी से वह ऐसा कह गई? क्रोध से उबलती, अविश्वास से काँपती, मैं रमा'दी के यहाँ पहुँची तो वह आँखें बन्द किए, अपनी सन्ध्याकालीन जपार्चना में डूबी थीं। इशारे से ही उन्होंने मुझे बैठने को कहा और आसन खींच दिया। फिर आँखों ही आँखों में अपना प्रश्न पूछा, 'कब आई?'

"क्षमा करना रमा'दी," मैंने कहा, "मैं जिस ग़मी से आई थी, उसके बाद पहाड़ में किसी गृहस्थ के यहाँ नहीं जाया जाता, यह मैं जानती हूँ। फिर तुम तो यह सब बहुत मानती हो, पर जब सुना कि कुछ दिन पहले तुम्हारे यहाँ भी एक ग़मी हो गई है, तो सोचा अब जाने में क्या दोष है!"

फिर मैं व्यंग्य से हँसी। असल में एक गाल पर करारा चाँटा खाकर भी, दूसरा गाल बढ़ा देने वाली अपनी उस सहनशीला रमा'दी पर मुझे बेहद गुस्सा

आ रहा था। एक क्षण के लिए उनका चेहरा इतना दयनीय बन गया कि मेरे जी में आया, मैं जबान झटककर दूर फेंक दूँ। पर फिर, रमा'दी स्वयं ही बिना मेरे प्रश्न के, पूरी घटना मुझे सुना गईं। आज अविकल उन्हीं के शब्दों में, मैं उस मार्मिक दुर्घटना को बिना घटाए-बढ़ाए उद्धृत कर रही हूँ—

"अशोक अरविन्द और जयन्ती को लेकर आ रहा था, पर फिर भी न जाने क्यों एक अजीब दशहत से मेरा कलेजा रह-रहकर काँप रहा था। भगवान ने मुझे यह शक्ति न जाने क्यों दे दी है! जब भी कुछ अनिष्ट होने वाला होता है, मैं मन ही मन स्वयं चौकन्नी हो जाती हूँ, चित्तचोर की तरह स्वयं आशंकित हो मुझे व्याकुल कर उठता है। रात को नींद उचट जाती है और जब पल-भर के लिए आँखें लगती भी हैं तब भयावह सपने देख, मैं उठ बैठती हूँ। ऐसा ही तेरे जीजा की आकस्मिक मृत्यु से पहले भी हुआ था। अशोक ने जब लिखा कि उसने अपने बेटे का नाम अरविन्द हेनरी जोशी रखा है, तब मैं काँप गई। हे भगवान, क्या गर्ग-गोत्री जोशियों का ऐसा ही अन्त हुआ! ईसाई बन गया मेरा बेटा! वही अशोक, जिसके लिए मैंने आज तक एक भी एकादशी, प्रदोष व्रत को रखने में चूक नहीं की। मैंने लिखकर पूछ भी लिया तो उसने मुझे दिलासा दिया—नहीं माँ, तू मत घबरा, मैं अब भी तेरा वही अशोक हूँ। नित्य सन्ध्या, गायत्री जपने वाला तेरा पक्का ब्राह्मण बेटा! वह तो ज्यूडिथ के पिता का नाम हेनरी है, इसके यहाँ ऐसा ही होता है। नाना का नाम भी उसे याद रहे, इसी से ऐसा किया है, तुम इसे देखोगी तो निश्चय ही मेरे सात खून माफ कर दोगी, इतना सुन्दर है तुम्हारा नाती!

"और सच कहती हूँ, जब उसने अरविन्द को मेरी गोद में धरा, तब मैं उसके समस्त अपराध, उसकी सारी अकृतज्ञता भूलकर रह गई। अब तम्हें कैसे बताऊँ वह रंग, और वह नीले आकाश-सी आँखें! एकदम तेरे जीजा की सी होंठ टेढ़ा कर हँसने की मुद्रा!

"भगवान की भी कैसी विचित्र लीला है बहन, अपनी सृष्टि को वह अपने पास खींच लेने पर भी, उनके आत्मीय स्वजनों को तड़पाने, कभी-कभी उसका एक न एक स्मृतिचिह्न पृथ्वी पर छोड़ ही जाता है। जहाँ अशोक एकदम अपने मामा पर पड़ा था, वहाँ यह शिशु कैसे उसके पिता की हँसी लेकर फिर मेरी गोद में आ गया। हँसी ही नहीं, उसकी वह नीली आँखों की गम्भीर सयानी चावनी भी ठीक उन्हीं की थी!

"मुझे तो लगता है, वे ही जन्म लेकर एक बार फिर मुझे रुलाकर अपना

प्रतिशोध ले गए।'

"कैसा प्रतिशोध रमा'दी?" मैंने पूछ लिया।

"उन्होंने विवशता से ही तो मुझसे विवाह किया था! यदि मैं ही उनके जीवन में न आती तो क्या अपनी प्रथम पत्नी के प्रति विश्वासघात करते?" रमा'दी कितनी भोली थीं!

"तब क्या दोष तुम्हारा था? तुम गई थीं क्या उनके पाँव पकड़ने?" मुझे अब फिर क्रोध आ गया।

"मेरे मामा तो गए थे बहन! खैर हटा भी, हो सकता है मेरे ही मन का भ्रम हो, पर ऐसी साम्यता मैंने कम देखी है। गोद में आते ही वह किलकने लगता। पर पास-पड़ोस की छोकरियाँ क्या उसे पाँच मिनट भी मेरी गोद में रहने देतीं? कभी कोई लेकर भाग जाती, कभी कोई! ज्यूडिथ को यह सब अच्छा नहीं लग रहा है, मैं समझ गई थी। कभी वह यह कहकर उनसे ले आती कि उसके 'फीड' का समय हो गया है, कभी सूप और कभी फैरेक्स का! मैंने एक बार कहा भी कि जयन्ती, हमारे यहाँ तो अन्नप्राशन होने पर ही बच्चे को अन्न खिलाते हैं...! और तब उसने मेरी बात हँसकर ही उड़ा दी थी। कहा था—इसी से आपके भारत के बच्चे ऐसे रिकैटी होते हैं ममी!''

रमा'दी ने मेरी ओर देखा, बोली, ''एक बार तो मैं पूछने को ही थी कि क्यों जी, मेरा यह भीम-सा बेटा भी क्या रिकैटी है?... पर मैं जानती थी, उससे तर्क करना व्यर्थ था! अशोक बेचारा बार-बार आकर मेरे पास बैठ जाता, यहाँ तक कि रात को भी वह थोड़ी देर मेरे पास आकर लेट जाता और मेरे पेट में हाथ डाल वैसे ही सो रहता जैसे कभी बारह वर्षों तक सोता रहता था। मैं उसके बालों पर चुपचाप हाथ फेरती रहती, मुँह खोलकर भी कभी यह नहीं कह पाई कि 'तू घबरा मत बेटा, मैं तुझसे जरा भी नाराज़ नहीं हूँ। तेरा ही सुख तो मेरा सुख है अशोक! मेरी चिन्ता मत करना।'... पर तू तो जानती ही है, ईश्वर ने मुँह में ज़बान देकर भी मुझे गूँगी बनाकर इस पृथ्वी पर भेजा है। उसके पिता के लिए भी तो मेरे सारे उपालम्भ कंठ तक आकर ही लौट गए थे।

"तीसरे दिन दोनों नैनीताल घूमने जाने लगे तो मैंने देखा बच्चे को भी जयन्ती तैयार कर रही है। मेरे जी में आया, कहूँ कि इसे मेरे पास छोड़ जाओ न, शाम को तो लौट ही आओगे! बोतल से दूध तो मैं पिला ही सकती हूँ! फिर वह क्या किसी को परेशान करता है! दिन-भर तो किलकता

रहता है! पर फिर जयन्ती की आँखें देखकर मैं कुछ कह नहीं पाई। जिसने उसके पति को नौ माह गर्भ में रखा था, वह उसके शिशु को नौ घंटे भी रख पाएगी, ऐसा विश्वास उसे कभी नहीं हो सकता था। नैनीताल आने-जाने में आठ-नौ घंटे तो लग ही जाते!

" 'अभी तो पन्द्रह दिन यहाँ रहेंगे, कितनी ही बार मेरा यह गुलगोथना नाती मेरी गोद में आएगा'—सोच-सोचकर मैंने अपने अधीर चित्त को दिलासा दिया। दोनों लौटे तो रात हो गई थी। मैंने दिन-भर चूल्हा जलाकर न जाने कितने घृत-पकवान बनाए, पर मेरी बहू को जैसे कुछ भी अच्छा नहीं लग रहा था। अपने ही साथ लाए गए तीन-चार टिन खोलकर उसने किसी विचित्र मांस के लाल-लाल टुकड़े निकाले और डबल रोटी में दबा-दबाकर भकोस गई। बाद में मैंने टिन में नाम पढ़ा तो उबकाई आ गई। सूअर का मांस! छिः-छिः, जिस पुत्र को मैंने काशी के पंडितों से गायत्री का जाप दिलवाया था, उसी की बहू सूअर का मांस खा गई, वह भी मेरी छत के नीचे! तू तो जानती है, उनके मरने के बाद मेरे घर में कभी प्याज़ का छिलका भी नहीं आया। विधवा के लिए वर्जित सब कुछ, बेहद पसन्द होने पर भी, मैंने त्याग दिया था, बैंगन, टमाटर, मसूर की दाल और वह ज्यूडिथ से जयन्ती बनकर भी, पति-कुल की मर्यादा के लिए दो दिन को भी अपनी चटोरी-तामसी जिह्वा पर अंकुश नहीं लगा पाई! कभी-कभी लगता है, मेरे घर में बहू ने यह अनाचार किया था ठीक एकादशी के दिन, शायद इसी से प्रभु ने मुझे इतना बड़ा दंड दिया! पुत्र होकर भी मैं आज वंध्या हूँ!

"रात को सोए नाती के सुनहले बालों पर हाथ फेरकर ही मैं लौट आई। उसे छाती से लगा, चूम-चूमकर गुदगुदाने को मेरी बोटी-बोटी फड़क रही थी, पर पहले जब एकाध बार उसे चूमने लगी थी तो मेरी विदेशिनी मुँहफट बहू ने मेरा हाथ थामकर बीच में ही रोक दिया, 'ओ ममी, प्लीज़ डोंट,' फिर वह हँस-हँसकर मुझे ऐसे बहलाने लगी जैसे मेरी दादी हो! ''बच्चों को चूमना ठीक नहीं है ममी! न जाने कब आपका यह चुम्बन अपने साथ कितने ही अदृश्य कीटाणु इस नन्ही जान तक पहुँचा देगा...' मूर्ख लड़की, तेरे पति को आज अतीत के उन लक्ष-लक्ष कीटाणुओं की ममता ही तो इतनी दूर खींच लाई है, आज वह शैशव के उन्हीं चुम्बनों का मूल्य चुकाने तो मुझ तक आ पाया है!

"पर मैंने कुछ कहा नहीं! चुपचाप लेट गई! सहसा आधी रात को मेरी

नींद अरु की नन्ही चीखों से टूट गई।

"अपने नन्हे फेफड़े फाड़-फाड़कर अरविन्द ही तो रोए चला जा रहा था, पर न एक शब्द दुलार का ही मैं सुन पाई, न चुमकार का। मैं हड़बड़ाकर उठी। निश्चय ही उसे नज़र लग गई थी। नहलाते समय जमादारनी उसके गोल-मटोल गोरे अंगों को कैसी नज़र से देख रही थी! पर चाहने पर भी मैं क्या नोन-मिर्च परखकर उसकी नज़र उतार सकती थी? न जाने क्या सोचेगी वह वहमी लड़की! बच्चा लगातार चीखे जा रहा था, पर न माँ ने ही चुमकारा, न बाप ने। मैं उठी। पहले धड़ाम से द्वार खोले, बेटे-बहू के कमरे में जाने में मुझे संकोच हुआ, फिर मैंने पुकारा, 'अशोक, बच्चा क्यों रो रहा है?'

"पर कोई उत्तर नहीं मिला। 'जयन्ती! जयन्ती...ज्यूडिथ'...मैंने फिर बहू को पुकारा, लेकिन फिर भी कोई उत्तर नहीं। मैंने खीझकर द्वार खोल दिया। नन्हे कम्बल को पैरों से ठेल अरविन्द फुक्का फाड़कर ऐसे रोए चला जा रहा था जैसे कलेजा निकालकर अभी बाहर फेंक देगा। अगल-बगल में न बाप था, न माँ। कहाँ गए दोनों?

"ओह, लगता था चाँदनी रात में दोनों सोते बच्चे को छोड़ घूमने निकल गए थे। मैंने उसे गोद में उठाया और अपने कमरे तक ले आई। पहली बार सुयोग से जुटे एकान्त में मैंने उसे छाती से चिमटा चूम-चूमकर अपने सारे अरमान निकाल लिए थे बहन—

"मेरी छाती से लगते ही वह स्वयं चुप हो भीगी पलकों से मुझे ऐसे टुकुर-टुकुर देखने लगा कि मैं पागल ही हो गई थी री। फिर मैंने कुर्ती के बटन खोल अपना स्तन उसके मुख में दे दिया तो वह एकदम ही सयानी आँखों से देखता मुझे और भी आश्चर्य से घूरने लगा जैसे पूछ रहा हो—यह क्या है दादी, क्या है यह?

"ठीक ही तो था? उस बेचारे ने क्या कभी माँ का स्तन मुँह में लिया होगा? फिर मैंने थपकियाँ देकर वही लोरी गाई जिसे नानी कभी गा-गाकर हमें सुलाती थीं। उससे पहले उनकी नानी और उससे भी पहले शायद उनकी नानी! कुमाऊँ की वह अद्वितीय लोरी, जिसकी मीठी लय की थपेड़ें जिद्दी बच्चे की भी पलकें मूँदकर रख देती हैं—

"निनी छै निनुरी छै
निनुरी को भोगी छै
बालो छै विरालु छै

ऐजा निना
निना आ–

(निनुरी री आ जा, मेरे लाल, मेरे छौने। मेरे बिलौटे। तू सो जा–)

"और वह सो गया–दो बूँदें अभी भी उसके गुलाबी गालों पर मोती-सी चमक रही थीं। नींद ही नींद में वह हँसा और मैं बौरा गई। क्या पता मेरी ही मुग्ध दृष्टि की काली नज़र मेरे इस छौने को कहीं फिर न लग जाए! उसे बड़े यत्न से अपने बिस्तर पर लिटा मैं वर्षों से बन्द सन्दूकची से चाँदी का वही पुराना कजरौटा ढूँढ़ लाई, जिसमें अम्मा ने कभी असली मोती भस्म कर अशोक के लिए काजल सेंतकर धरा था। उसमें से ही बड़ी कृपणता से अँगुली बोर मैंने अशोक के बचपन में उसकी आँखें आँजी थीं। डिठौना लगाया था कि कभी अशोक के बेटा हुआ तो उसकी आँखें आँजूँगी। डिबिया खोल ठंड से जमे काजल को मैंने अपनी गर्म सासों का भभकारा देकर पिघलाया, फिर अपने सोते नाती को एक बन्द आँख हाथ से आयत का काजल लगाया, डिठौना आँका और जैसे ही दूसरी आँख खोलकर काजल लगाने झुकी तो वह जगकर चीखने लगा।

"मेरी बहू कब चुपचाप आकर पीछे खड़ी हो गई है, मैं जान भी नहीं पाई। जैसे ही वह रोया, वह चील-सी झपटी और बच्चे को छाती से चिपकाकर, मेरे सामने खड़ी हुई और सच कहती हूँ, सास होकर भी अपनी उस तेजस्वी बहू के सामने मैं थर-थर काँपने लगी। तभी वह चीखी।

"ओह यू विच, हवट हैव यू डन! हाय इसने मेरे बच्चे की आँखें ही फोड़ दीं। मैं जानती थी कि यह मुझे देख नहीं सकती। मैंने इसके लड़के को छीना, इसी से आज इसने मेरे बच्चे को छीन लिया।"

"उसकी आँखों से आग की लपटें निकल रही थीं। माँ की चीख और सिसकियों के बीच, घबराकर बच्चा और भी ज़ोर-ज़ोर से चीखने लगा। मैं एक शब्द भी नहीं कह सकी। शोर सुनकर अशोक भी आ गया।"

"क्या हुआ अम्मा?" उसने घबराकर पूछा।

"कुछ नहीं बेटा,'' मैंने हँसकर कहा, 'मैं तो इसे काजल का डिठोना लगा रही थी और यह समझती है मैं जादूगरनी हूँ, जादू-टोना कर रही हूँ! मैंने इसकी आँखों में ज़हर डाल दिया है! इसे बता रे बेटा, यही ज़हर मैंने तेरी आँखों में भी तो डाला है...'

"मुझे फिर हँसी आ गई और मेरी हँसी देखकर वह बौखला गई, 'तुम

हँसती हो? ओह, यू शेमलेस विच!'

"इस बार उसका वह सम्बोधन अशोक को भी बौखला गया। उसे बाँह पकड़कर झकझोरता वह डपटने लगा, 'मूर्ख मत बनो ज्यूडी, बात समझने की कोशिश करो। यह एक प्रकार की दवा है—काजल!'

"ओह, डैम यूअर केजेल!' वह रोते-रोते अपने बेटे की आँख रूमाल से पोंछती अपने कमरे में चली गई और पीछे-पीछे सिर झुकाए चला गया मेरा बेटा।

"बड़ी देर तक उनके कमरे से ऊँची-ऊँची आवाज़ें, सिसकियाँ तैरती आती रहीं। फिर सब कुछ शान्त हो गया। मैंने सोचा, अशोक ने सचमुच ही उसे समझा-बुझाकर शान्त कर दिया है, किन्तु मेरा अनुमान गलत था। दूसरे सूर्योदय से भी पहले किसी ने मेरे द्वार पर दस्तक दी। मैंने उठकर खोला तो हाथ-पैर ठंडे पड़ गए। अपना हल्का-फुल्का सामान हाथों में लटकाए, वह क्या एक बार फिर विदेश उड़ जाने को पर फड़फड़ा रहा था?

"अम्मा, मुझे क्षमा कर दो। ज्यूडिथ को समझा-समझाकर मैं हार गया हूँ, वह कुछ भी समझना नहीं चाहती। कहती है, वह एक पल भी यहाँ नहीं रह सकती...' एक ही रात में उतर गया पुत्र का खिसियाया चेहरा देख भी मैं उसे सामान्य-सी सान्त्वना भी नहीं दे पाई। उधर मेरे अन्तःकरण की वह विचित्र चेतावनी बार-बार मुझे झकझोरे दे रही थी—देख ले रमा, जी भरके अपने प्राणों से प्रिय इस चेहरे को एक बार देख ले! अब तू इसे फिर कभी नहीं देखेगी। वह झुका, उसने मेरे चरणों की धूल ली और मैं पत्थर बनी उसे फटी-फटी आँखों से देखती ही रही। बिना रोली-अक्षत का तिलक लगाए, वह किसी बैरी-सा ही, मेरी देहरी से जा रहा था। उसने क्षण-भर को नीचे धरे सूटकेस फिर उठा लिये और दिन-दहाड़े हत्या करने में रँगे हाथों पकड़े गए किसी जघन्य अपराधी की ही भाँति चेहरा छिपाता चुपचाप निकल गया। ज्यूडिथ, शायद मुझे क्षमा नहीं कर पाई थी, मुझसे मिलने नहीं आई। बेटे को मेरी जादूगरी दृष्टि से बचाती, न जाने कब पहले ही निकल गई! पिछले हफ्ते अशोक की एक चिट्ठी आई थी..."

"क्या लिखा था?" मैं अपना कौतूहल नहीं रोक पाई और न चाहने पर भी मैंने उसके रिसते घाव को छू दिया।

"पता नहीं क्या लिखा था, मैंने चिट्ठी बिना पढ़े ही आग में डाल दी थी।"

रमा'दी का निर्विकार चेहरा, क्षण-भर के लिए करुण स्मित से दयनीय बन गया। फिर वह उठ गईं। "एक काम तुझे सौंपती हूँ," सिरहाने से उन्होने एक गोल चाँदी की डिबिया निकालकर मेरे हाथ पर धर दी। ओह तो यही था वह—सर्वनाशी कजरौटा!

"तू कल जा रही है ना? ट्रेन चलेगी तो इस मनहूस डिबिया को खिड़की से दूर भनका देना बहन।" उन्होंने कहा।

"ऐसी सुन्दर डिबिया मैं नहीं फेंक पाऊँगी रमा'दी! तुम्हीं यहीं कहीं फेंक देना!" मेरा कंठ अवरुद्ध हो गया। कैसे फेंक सकती थी मैं! वही तो अब उनके मातृत्व का स्मृति-चिन्ह था।

"अरी मेरी चीज़ें क्या सहज में खोती हैं? जब भी कुछ खोया लोग ढूँढ़-ढाँढ़कर फिर मुझे थमा गए। यह भी ज़रूर ढूँढ़-ढाँढ़कर ले आएँगे। तू चलती ट्रेन से फेंक देना बहन, इसे देखते ही मैं..." और फिर वह, अपना वाक्य पूरा किए बिना ही शायद आँसुओं के कठिन गह्वर को रोकने, चाय का पानी रखने के बहाने भीतर चली गईं। चार महीने पूर्व, मेरी उनसे यही अन्तिम भेंट थी। आने की हड़बड़ी में रमा'दी की अवसाद-जनित क्लान्ति ने मुझे तोड़कर रख दिया। ट्रेन चली तो मैं तो कजरौटे को फेंकने का रमा'दी का अनुरोध भूल-बिसारकर, न जाने कब सो गई! जब जागी तो लखनऊ आ गया था। डिबिया मेरे पर्स में ही धरी रह गई!

यह भी कैसा विचित्र संयोग है कि आज ही यह कार्ड आया और आज ही मैं प्रयाग जा रही हूँ। रमा'दी के अन्तिम आदेश में, मुझे अब कुछ फेर-बदल करना होगा।

इस बार चलती ट्रेन से नहीं, प्रयाग पहुँच त्रिवेणी की श्यामोज्ज्वल संगम-धारा में ही इस डिबिया का विसर्जन करूँगी। सुना है, लोग यहाँ दूर-दूर से प्रियजनों का अस्थिप्रवाह करने आते हैं, मातृत्व के इस अस्थि-कलश को प्रवाहित करने के लिए, मुझे इससे अधिक पावन जलधारा और जुट भी कहाँ सकती है?

भिक्षुणी

वह दूसरी ओर पीठ किए खड़ी थी। हमारी टैक्सी एकदम उसके पास ही आकर रुकी। वह हड़बड़ाकर मुड़ी और मेरा कलेजा मुँह को आ गया। उसके चारों ओर छोटी-मोटी भगवा पोटलियाँ बिखरी थीं, पीठ पर मोटे रस्से में दो-तीन भारी कम्बल लदे थे। अपने खुरदरे, तिब्बती लबादे को सम्हालती, वह एक कोने में सिमट गई।

हमारा ड्राइवर अपनी टैक्सी के यात्रियों को सम्बोधित कर बोला–"आप लोग यहाँ चाय पीना चाहें तो पी लें, जी। गाड़ी फिर सोलन तक कहीं नहीं रुकेगी।"

एक-एक कर तीनों सहयात्री उतर गए। अकेली मैं ही हाथ पर हाथ धरे, उस अधखुली काँच-सी उसकी पीठ को एकटक देख रही थी। निश्चय ही वह किकी थी। एक बार जी में आया, दौड़कर उससे लिपटकर पूछूँ–'किकी! किकी! नहीं पहचान रही है क्या?'

किन्तु, फिर उस प्रस्तरमूर्ति-सी अडिग खड़ी भिक्षुणी की भव्य मुड़ी पीठ को अपनी ओर मोड़ने का मेरा साहस स्वयं चुक गया। कैसी मूर्खा थी मैं! जिस किकी की चिताभस्म की विकृत दुर्गंध के साक्षी स्वयं उसके भाई थे, अपनी उसी दिवंगत ननद की पीठ को आज अपनी ओर मोड़ने का प्रयास मेरी मूर्खता नहीं तो और क्या था? वह अब भी मेरी ओर पीठ किए खड़ी थी। सन्देह का कंटक एक बार फिर मेरी छाती में गड़ता, मुझे विचलित कर उठा। टैक्सी एकदम उसके पास आकर रुकी। हड़बड़ाकर हटने से पूर्व उसने मुझे देखा भी। फिर भी उसे क्या इतनी भी उत्सुकता नहीं हुई कि इतना तो देखे कि अन्य यात्रियों के साथ मैं भी उतर गई हूँ या नहीं! पर वह तो भिक्षुणी थी–सामान्य नारी से भिन्न, एक संसार-त्यागिनी भिक्षुणी। उसके

हाथ में बड़े-बड़े मनकों की एक सुमिरनी थी, जिसके दानों पर तेज़ी से अँगुलियाँ चलाती वह होठों ही होंठों में न जाने क्या बड़बड़ा रही थी। कलाई पर सींग की बनी बड़ी-बड़ी चूड़ियाँ थीं, सद्यः घुटे सिर पर छोटे-छोटे बाल नन्हे दूर्वांकुरों-से निकल आए थे। छिः-छिः, यह कभी किकी हो सकती थी! वह किकी, जिसकी पृथुल वेणी की गरिमा को, मैं कभी जूड़े में बाँधने में, दो-दो दर्जन काँटों से भी नहीं सम्हाल पाती थी, जिसकी साड़ी की भाँज, रवि वर्मा द्वारा अंकित मेनका की साड़ी की चित्रांकित भाँज की ही भाँति, उस बिल्वस्तनी की मोहक अंग-भंगिमा को और भी भव्य बना उठती थी।

'कमाल है किकी', मैं कहती, 'दिन-भर तू इसी साड़ी को पहने उठती, बैठती, सोती, काम करती रहती है, फिर भी लगता है तूने अभी-अभी तह खोलकर नई साड़ी पहनी है। एक हम हैं, मिनट-भर में ही साड़ी की गत बन जाती है!'

वह हँसकर कहती, 'तुम नहीं समझ पाओगी, भाभी, तुम्हारे ननदोई कहते हैं, पद्मिनी के सब गुण ही विधाता-प्रदत्त होते हैं; न उसके वस्त्र मलिन होते हैं, न देह-परिमल! कहते हैं, यही तो पहचान है तुम्हारी, दो मील दूर भी खड़ी रहोगी, तब भी नथुने मींचते ही तुम्हें पकड़ लूँगा।'

काश, आज मेरे साथ मेरे ननदोई होते! क्या पता, उस अरण्य में खड़ी जिस पद्मिनी को मैं पहचानने में हिचक रही थी, उसे वे नथुने मींचते ही पकड़ लेते।

विस्मृत अतीत की मधुर स्मृतियाँ, किसी मज़ार पर जल रही लोबान की मदिर धूम्ररेखा-सी, मुझसे लिपटती चली गईं। हम दोनों की ससुराल ही नहीं, मायका भी एक ही शहर में था। एकसाथ, हम दोनों ने, शैशव और कैशोर्य की देहरियाँ पार की थीं। विवाह भी लगभग साथ-साथ ही हुआ। प्रथम प्रसव की पीड़ाएँ एकसाथ झेलने से पूर्व, शरीर में बन्दी बने अपने नवागत शिशुओं की धड़कनें भी हमने बारी-बारी से कान लगाकर एकसाथ सुनी थीं। किकी की बड़ी-बड़ी मुखर आँखों की उस विस्फारित दृष्टि को मैं आज भी नहीं भूल पाई हूँ—'अरी, देख-देख, हाथ ला इधर। देखा, कैसी नट की सी छलाँगें लगा रहा है!'

उसका हँसमुख चेहरा, कुछ-कुछ तोतली चपल वाणी और उसकी अनुपम परिहास-रसिकता, मुझे उसके सर्वथा अनूठे व्यक्तित्व की नित्य नवीन झाँकियाँ दिखाती रहती। यह ठीक था कि हमारे सरल समाज के नीति-निपुण नारी-

समुदाय में जितनी ही उसकी निन्दा होती, उतनी ही लोकप्रियता उसने पुरुष वर्ग में प्राप्त की थी। होलियाँ आतीं तो अबीर-गुलाल से लाल कपोलों की रक्तिम आभा में, शहर-भर के देवरों को आकंठ डुबाकर रख देती। रंग से भीगी साड़ी का चुनाव भी शायद वह अपनी सबसे महीन साड़ियों से ही उस दिन करती थी और फिर, 'भर पिचकारी गोरे सन्मुख मारी' गाने में वह किसी भी पेशेवर गायिका को धूल चटा सकती थी। उसके रिश्ते की देवरानी-जेठानियाँ, संयुक्त मोर्चा बाँधे, हाथ मटका-मटकाकर उसके विरुद्ध विष उगलतीं—'बेहया, मरदों के साथ कैसी गुझियाँ दनदनाती चली जा रही है! ऐसी ही चटोरी है बहन, उधर, सास बेचारी बरत के दिन भी अपने हाथ से फराल बनाती है।'

एक दिन, मैंने किसी से कह दिया तो वह मुझी पर बरस पड़ी, 'तू भी आ गई उनकी बातों में? भाड़ में जाएँ सास। मैंने क्या उनसे कहा है कि भूखी रहो? जब देखो तब बरत, आज एकादशी, तो कल प्रदोष—ये तो हमसे होता नहीं कि बारह बजे खाना खाकर दो बजे फिर से कोटू की पूड़ियाँ बनाओ और साबूदाने का हलुआ घोंटो। मैं तो यह भी कर देती थी, पर कमर पर हाथ धरे, मेरे सिर पर सवार हो, एक-एक बर्तन उठाकर देखती थीं—बहू हाथ-पैर धो लिये थे? कहीं जूठन तो नहीं लगी है बर्तनों में?—सच कहती हूँ, तन-बदन में आग लग जाती थी, एक दिन मैंने साफ-साफ कह दिया—अम्माजी, आप आज से अपनी फराल खुद बना लिया करें...'

कभी-कभी उसका ऐसा ही दुःसाहस मुझे अपदस्थ कर देता। किकी मेरे पति की चचेरी बहन थी, कभी उसके ससुराल वालों की खरी-खोटी मुझे भी सुननी पड़ती। स्वयं उसका पति, पाँच बहनों का इकलौता भाई था, इसी से बहनों का रौब उस पर कुछ अधिक ही था। किकी के सौभाग्य से उसकी चारों ननदें बड़ी दूर-दूर ब्याही थीं, उनका मायका आना कभी-कभार ही हो पाता, किन्तु उसकी छोटी ननद अविवाहित थी। वह पास ही के शहर में डाक्टरनी थी और प्रायः ही संक्षिप्त अवधि का अवकाश पाते ही बिना किसी पूर्व सूचना के छप्पर फाड़कर टपक पड़ती। किकी उसे फूटी आँखों नहीं सुहाती थी। विवाह से पूर्व वह अपने भाई की लाड़ली दुलारी बहन थी, उसने उसी भाई के सलोनी पत्नी का घूँघट उठाते ही बड़ी बेरुखी से आत्मीय स्वजनों की ओर पीठ कर ली थी। आज तक उसे अपनी शिक्षा, रुचि और चेहरे पर बड़ा गर्व था, किन्तु भाभी के आकर्षक व्यक्तित्व के सम्मुख एकदम फीकी

पड़कर रह गई थी। एक तो इस आकस्मिक पराजय के आघात को वह सहन नहीं कर पा रही थी, उधर उसके दिन-प्रतिदिन विलम्बित हो रहे कौमार्य ने उसे बेहद रूखी बना दिया था। वह नहला लगाती तो किकी दहला मार देती। मैंने कई बार मध्यस्थता करने की चेष्टा भी की, पर वह बाज़ नहीं आई। धीरे-धीरे, एक दिन उसी ननद को लेकर, महाभारत छिड़ गया। उसी वर्ष मेरे पति का तबादला हो गया और वहीं मुझे किकी की चिट्ठी मिली थी।

'विवाह के आठ वर्ष बाद अब हनीमून मना रही हूँ। अम्माजी उसी कलमुँही के साथ रहने चली गई हैं। खूब नाटक हुआ, जाते-जाते अपने बेटे से कह गईं—भगवान करे, मेरी अरथी को तेरा कन्धा नसीब न हो। इस अभागी ने तुझे कुछ खिला दिया है, यह मैं खूब समझती हूँ। ठीक है, निखट्टू बने इसी के आँचल से बँधे रहो बेटा। देखना, एक दिन तुझे यही आँचल घसीटेगा!'

उस पत्र के बाद मैं एक ही बार उससे मिल पाई थी। उसका पति अब ऊँचे ओहदे पर पहुँच गया था। उसकी सुव्यवस्थित गृहस्थी, सुरुचि से सँवरा सुन्दर बँगला, चपरासी, मोटर और मखमली लॉन में खेलते उसके स्वस्थ बेटे-बेटी की जोड़ी देख मैं कितना प्रसन्न हुई थी! गृहस्थी के सुख-सन्तोष में जैसे उसके रंग में और भी निखार आ गया था। शरीर पहले ही भरा-भरा था। अब मातृत्व की गरिमा ने यौवन के चापल्य को अंग-प्रत्यंग से धो-पोंछकर बहा दिया था। सबसे आश्चर्य हुआ था उसके पति को देखकर। बलराम को तो मैं बचपन से ही देखती आई थी। ढीलम-ढाल गाबदू-से उस सरल व्यक्ति का व्यक्तित्व वैसा ही था, जैसा समृद्ध गृह के इकलौते लाड़ले बेटे का हुआ करता है। बचपन से ही गरिष्ठ मठरियाँ और घी से तर बेसन के लड्डू खाने का अभ्यस्त यकृत, समय से पूर्व ही थककर सिकुड़ गया था। इसी से उदर की परिधि विराट बनती चली गई थी। उसके कोट के बटन, कभी भी क्रम से नहीं लगे रहते और कभी-कभी तो पैंट की खतरनाक खुली मुहानी के प्रति उसकी उदासीनता देखने वालों को बुरी तरह अपदस्थ कर देती। अंग्रेज़ी के पब्लिक स्कूल की शिक्षा भी उसे सामान्य शिष्टाचार नहीं सिखा सकती थी। कभी वह किसी सहभोज में आनन्दपूर्वक भोजन कर, एक के बाद एक दर्जनों डकारों के नगाड़े बजाता, सोफे पर ही जांगलूस की भाँति दोनों टाँगें उठाकर बैठ जाता, और कभी ऐसे सड़े-सड़े चुटकुले सुनाने लगता कि सुनने वालों को हँसी की जगह उबकाई आने लगती। किन्तु अपनी स्वतन्त्र गृहस्थी

में किसी ने बलराम पर जैसे कोई जादुई छड़ी फेर दी थी। चुस्त पैंट पर किकी का बुना ऐरगार्हल का रंग-बिरंगा स्वेटर, यत्न से चिपकाए गए सँवरे केश और यार्डले लैवेंडर की मस्त खुशबू।

"आइए-आइए, किकी कल से आपके आने की तैयारी में जुटी है।" वह अपना वाक्य भी पूरा नहीं कर पाया था कि किकी आकर मुझसे लिपट गई। जेठ की उस भरी दुपहरी में, गर्म लू की लपटों के बीच से उठती, सहसा हम दोनों जैसे फिर स्मृतियों के रेशमी पैराशूट में बँधी, अपने मायके-ससुराल की गिरि-शृंखलाओं के बीच सरसराती उतरने लगीं। दोनों बच्चों को उसने आया के साथ घूमने दूर भेज दिया और बातों ही बातों में दिन न जाने कब निकल गया। मुझे फिर चार बजे की ट्रेन पकड़नी थी। मार्ग-भर मैं उसी की बातें सोचती आई थी। उस चेहरे की स्निग्धता में कहीं भी अभिनय का पुट नहीं था। मुझे मन ही मन गहरे सन्तोष की अनुभूति हुई थी। इसका एक कारण और भी था। अपनी इस दुःसाहसिनी ननद के कैशोर्य के एक प्रणय-प्रंसग से मैं कई बार उसके भविष्य के लिए शंकित हो उठती थी। तब उसके पिता किसी पूर्वी जिले में पुलिस के बड़े अफसर थे। उनकी मातृहीना लाड़ली पुत्री, एक प्रकार से थानेदारों की ही गोद में खेल-कूदकर बड़ी हुई थी। जब सयानी हुई तो पिता का एक सुदर्शन मुँहलगा मातहत बड़े अधिकार से उससे राखी बँधवाने पहुँच, उसे एक से एक दामी उपहारों से लाद दिया करता। हो सकता है कि मैं स्वभाव से ही शंकालु रही हूँ, किन्तु मुझे इन बिना रिश्ते के राखीबन्द भाइयों पर कभी भी श्रद्धा नहीं रही। राखी बाँधने वाली के हस्तस्पर्श के साथ ही, वे प्रायः जिस अधिकार से उसका पहुँचा भी पकड़ लेते हैं, वह सब मुझे नहीं जँचता। पता नहीं पुलिस के पेशे में रहकर भी किकी के पिता ऐसी मूर्खता क्यों कर बैठे! यह ठीक था कि उसका वह मातहत विवाहित ही नहीं, दो बच्चों का बाप भी था, किन्तु फिर भी चपला पुत्री को जिस विश्वास से उन्होंने उस व्यक्ति के संरक्षण में दे दिया, वह किसी अनुभवी, बुद्धिमान पिता को शोभा नहीं देता था। कभी सुनती, किकी रिपुदमन के साथ अलीगढ़ की नुमाइश देखने गई है और कभी गढ़मुक्तेश्वर के मेले में। उसे उसके राखीबन्द भाई को सौंप उसके पिता अपनी ड्यूटी पर निकल जाते। हुआ वही जो ऐसी परिस्थितियों में हुआ करता है। मातृहीना किकी अविवेकी कैशोर्य की तरंगों में असहाय तिनके-सी ही बही जा रही थी कि उसकी एक चतुरा घाघ मौसी चील का-सा झपट्टा मार उसे चोंच में

लेकर दूर उड़ गई। किसी को कानोंकान ख़बर भी न लग पाई, और किकी के फेरे फिर गए। उसकी उदास-रिक्त दृष्टि और निरन्तर सूजी आँखों का रहस्य हम तीनों तक ही सीमित था—मैं, उसके पिता और उसकी मौसी।

फिर शायद सरल परमहंस पति की दुधमुँही हँसी ने ही, स्मृति के श्यामपट्ट से उसके बेमेल नादान प्रेम-प्रसंग को बड़ी स्वाभाविकता से मिटाकर अपने स्पष्ट हस्ताक्षर कर दिए।

किकी की सुखी गृहस्थी देख मैं कितनी आश्वस्त होकर लौटी थी! तब मैं क्या जानती थी कि उसकी क्षणिक समृद्धि का प्रासाद केवल सिकता पर टिका है। दुर्भाग्य से उसकी ननद का तबादला एक बार फिर उसी के जिले में हो गया और उसकी सास पूर्वशत्रुता को स्वेच्छा से ही भुलाकर फिर उसके साथ रहने लगी। कभी-कभी उसके पत्र आते तो सास-ननद के साथ चल रही उसकी खटपट का ही उल्लेख रहता।

फिर, एक दिन अचानक उसकी मौसी का तार आया, 'ज़रूरी काम है, मिलने आ रही हूँ।' मेरा माथा ठनका। मुझसे भला उनका क्या काम हो सकता था? निश्चय ही अभागी किकी ही कुछ कर बैठी होगी। आते ही वे मुझे एकान्त में खींच ले गईं। "अरी सर्वनाश होने जा रहा है अभागी का। अब तू ही उसे बचा सकती है।"

"क्या बात हो गई मौसी? अभी-अभी तो मैं उससे मिलकर आई, कितनी खुश थी..."

"अरी, खाक खुश है। वे दोनों चुड़ैलें फिर पहुँच गई हैं उसकी छाती पर मूँग दलने। उधर वह अभागा भी पुलिस कप्तान बना वहीं पहुँच गया है..."

"कौन मौसी?" मैं सब समझकर भी अनजान बन रही थी।

"अरी और कौन, वही रिपुदमनिया! सुना, एक दिन मेवे-मिष्टान्न लेकर राखी बँधवाने भी पहुँच गया। एक बार राखी बँधवाकर तो वो गुल खिलाए नासपीटे ने। एक दिन ननद ने रोक दिया। बस, फिर क्या था! किकी को तू जानती है, जहाँ किसी ने धौंस जमाई तो छोकरी पर शैतान सवार हो जाता है। अब सुना, खुले ख़जाने अपने उस भैया से आधी-आधी रात तक ताश खेलती है।"

"बलराम? वह कुछ नहीं टोकता क्या?" मैंने कहा तो मौसी झुँझला गई, "अरी वह मिट्टी का माधो भला कभी टोक सकता है। उसे तो किकी दस

जूते मारे तब भी ना बोले।''

''अब? अब क्या होगा मौसी?''

''अब और क्या होगा। तू चली जा मेरी लाड़ो, एक बार। मेरी बात दूसरी है, समधियाने मैं कैसे जा सकती हूँ? तू जाकर छोकरी को समझा-बुझा दे, बेटी। अरी, अब लड़कौनी है क्या? लड़की सयानी हो रही है। एक तो जीजाजी के वैसे ही बीसियों दुश्मन हैं—न जाने कब कौन दुश्मन थानेदार आकर समधियानेवालों के कच्चे कान भर दे—अरी बेमौत मरेगी छोकरी!''

मैं नहीं गई। किकी को मैं जानती थी। ज़िद चढ़ने पर, वह अपने पैरों पर कुल्हाड़ी मारने में क्या हिचकिचा सकती थी? मुझे तो आज भी यही लगता है कि यदि उसकी वह कुंठाग्रस्त रूखी ननद उसके साथ रहने न आती, तो बीसियों रिपुदमन भी उसका अनिष्ट नहीं कर सकते थे। ननद के अविश्वास और ईर्ष्या ने ही उसे अविवेक की उस अन्धी घाटी में ढकेल दिया होगा।

फिर, एक दिन अचानक सुना, अपनी समृद्ध गृहस्थी को स्वयं लात मारकर किकी अपने कैशोर्य के प्रेमी के साथ मुँह काला कर भाग गई है। हमारे कट्टर समाज के लिए, यह एक ऐसा आघात था जिसने उसकी वाणी ही नहीं, कार्यक्षमता भी हर ली। उसका वह दुःसाहस और निर्लज्ज आचरण मुझे भी स्तब्ध कर गया। क्या अभागी को पुत्री के भविष्य के लिए भी ममता नहीं हुई होगी? सयानी होगी तो लोग अँगुली उठा-उठाकर कहेंगे—इसी की माँ अपने प्रेमी के साथ भाग गई थी।

और फिर, वह बालक-सा निष्कपट पति, जिसने कभी उसके प्रति अपनी अपूर्व निष्ठा का जीवन्त प्रमाण दिया था—जन्मदायिनी जननी का त्याग कर! ठीक ही कहा था अम्मा ने—''देख लेना, एक न एक दिन यह तुझे आँचल से घसीटकर रख देगी।'' कलंकिनी ने पति को ही नहीं, अपने पितृ-कुल और श्वसुर-कुल को भी कीचड़ में घसीटकर रख दिया था।

कई वर्षों तक, न फिर मुझे उसका कोई समाचार ही मिला, न मिलने की उत्सुकता ही शेष रही।

एक बार जब कुछ साल बाद, एक विवाह में सम्मिलित होने आई, तो उसकी नवीनतम दुष्कीर्ति का समाचार मुझे फिर स्तब्ध कर गया। अपनी जिस प्रेमिका की जीवित देह लेकर रिपुदमन, कभी सुदूर क्षितिज में विलीन हो गया था, उसी की कफन में लिपटी मृतदेह लेकर, वह आधी रात को,

उसी के पिता का द्वार खटखटाकर फिर खड़ा हो गया। इससे पहले कि वह तटस्थ हो पाते, वह यह कहकर प्रेमछाया की भाँति अमावस्या के अन्धकार में विलीन हो गया—"न मैं इसे लेकर गया, न यह आज मुझसे कुछ कहकर गई। ऐसी ही अँधेरी रात में एक दिन मुझे कुछ कहने और सोचने का अवसर दिए बिना, यह मेरे पास भाग आई थी, और आज बिना कुछ कहे, यह मिट्टी का तेल छिड़क, धूपकाठी-सी सुलग गई। मैं अब वहीं जाकर इससे कैफियत माँगूँगा। आपकी पुत्री थी, इसी से यहाँ छोड़ गया। ठाकुर हूँ सर, ब्राह्मण की मिट्टी ठिकाने लगा अब अपना परलोक नहीं बिगाड़ूँगा। गुडनाइट सर...।"

ये सब बातें मुझे किकी की मौसी ने ही बतलाई थीं। किकी के पिता को, अपने निर्मम पेशे में, ऐसी बीसियों मिट्टियों की फाइलें दाखिल-दफ्तर करने का अनुभव हो चुका था। पौ फटने से पहले ही उन्होंने कफ़न में लिपटी कलंकिनी पुत्री का मुँह देखे बिना ही उसे मुखाग्नि दे दी थी। जब ख़बर पाकर उसका बदहवास पति श्मशान घाट पहुँचा, तो किकी की चर्महीन हड्डियाँ चिटख रही थीं। शून्य दृष्टि से उसी धुएँ की विलीन होती रेखा को वह घंटों खड़ा देखता रहा था, फिर हाथ पकड़ किकी के मौसा ही उसे घर ले आए थे।

"आपने उसका मुँह भी नहीं देखा चाचाजी?" मैंने बहुत दिनों बाद एक दिन किकी के पिता से पूछा तो उनकी ऐंठी मूँछें क्रुद्ध सेही के काँटों-सी ही सतर हो गई थीं—"नहीं।"

काश, उसका चेहरा, चाचा ने कफ़न उठाकर देखा होता! किन्तु जिस कफ़न की यवनिका को चाचा ने नहीं उलटा, उसे आज स्वयं नियति उलट रही थी। पन्द्रह मिनट रुकनेवाली हमारी टैक्सी, अचानक किसी भद्रा नक्षत्र से बँधी घंटों घुरनियाँ खाती रही। पहले एक सहयात्री के पैर में काँच गड़ गया, फिर ड्राइवर की नक्सीर फूटी, एक दूसरे सहयात्री की जेब काट, होटल के एक पहाड़ी छोकरे ने उसका बटुआ गायब कर दिया। उतनी देर तक भगवा लबादे में लिपटी वह प्रस्तर मूर्ति-सी भिक्षुणी, मेरी ओर पीठ किए खड़ी ही रही। दूर गिरि-शृंखलाओं पर असंख्य बत्तियाँ जगमगाने लगी थीं। प्रतिपल, प्रतिक्षण मेरा सन्देह नाग की भाँति फन उठाता, मुझे ही डसने बढ़ा चला आ रहा था। मैंने देखा, मेरे सहयात्रियों को बटोर, हमारा ड्राइवर, रूमाल से मुँह पोंछता तेजी से चला आ रहा था। उधर नाना बिस्तरबन्द सेब की पेटियों और पोटलियों के बीच खड़ी वह भिक्षुणी भी हिली, शायद अपनी साथी

भिक्षु-भिक्षणियों के कलरव को सुन वह अब चौंकी और मुड़ी।

मुझे कोई झकझोरने लगा--कुछ ही क्षणों में हमारा एकान्त, एकान्त नहीं रह जाएगा। क्यों न निकट जाकर, उसका चेहरा एक बार देख ही लूँ। फिर, मैंने एक पल का भी विलम्ब नहीं किया। गाड़ी का द्वार खुला ही छोड़ मैं उसके सम्मुख जा खड़ी हुई। मेरे कलेजे की धड़कन, मेरे हाथ के बटुए को भी हिला रही थी। एक पल को मैं उसका समस्त कलुष-कलंक भूलकर रह गई।

"किकी, मैंने तुझे देखते ही पहचान लिया था--किकी...!" मेरा गला भर आया।

पर फिर उसी क्षण मेरा उत्साह, कौतूहल, प्रसन्नता का वेग, दूध के झाग-सा ही बैठ गया। उसकी मुर्दा बड़ी-बड़ी आँखों में केवल उदासीनता थी--उस भावहीन दृष्टि में, मैत्री की एक भी भूली-बिसरी तरंग ने, मुझे आश्वस्त नहीं किया।

"किकी! किकी!" मैंने उसके दोनों हाथ पकड़, बड़े चातुर्य से उसकी दाईं हथेली उलटने की चेष्टा की।

उस चौड़ी-चिकनी हथेली में कभी मेहँदी की कितनी बेलें रचाई थीं! कितने गमले! और उसी हथेली के बीचोंबीच जो सुचिक्कन गोल-गोल तिल था, उसे क्या सर मुड़ाने पर भी वह मिटा पाई होगी?

किन्तु झटककर उसने हाथ छुड़ा लिया और तब ही उसकी रूखी, खूँखार चेहरे वाली कई साथिनों ने उसे आकर घेर लिया।

"ऐ! तुम तंग क्यों करता उसको? वह हिन्दी नहीं जानता? क्या पूछेगा, हमसे पूछो।" वराहदन्ती एक खबीस-सी मर्दानी भिक्षुणी अपनी विकराल हूणों की-सी आँखों से मुझे दागने लगी।

"किकी!" मैंने उसकी बात अनसुनी कर फिर किकी का दायाँ हाथ पकड़ लिया, और अपना अन्तिम दाँव फेंका, "तेरी बेटी की शादी में मैं गई थी किकी। बड़ा प्यारा दामाद है तेरा--और तेरा बेटा भी इसी साल इंजीनियर बन जाएगा।"

एक पल को, उन मरी-बुझी आँखों में वात्सल्य की शत-सहस्र फुलझड़ियाँ दगदगा उठीं। अवसर पाते ही मैंने हथेली पलट दी।

वह किकी ही थी।

"मेम साहब चलिए।" ड्राइवर ने अधैर्य से हॉर्न बजाकर मुझे पुकारा।

मैंने एक बार विवश दृष्टि से उसे देखा—वह फिर अपने मन्त्रजाप में डूबी तेज़ी से मनके सहलाती बिस्तरबन्द पर बैठ गई थी।

मैं आकर अपनी सीट पर बैठ गई और एक धक्के के साथ टैक्सी ने बस स्टैंड छोड़ दिया।

"सब दलाईलामा के मठ की तिब्बती भक्तिनें हैं जी, धरमशाला जा रही हैं।" ड्राइवर, मेरे किसी सहयात्री को उनका परिचय दे रहा था। मैंने मुड़कर देखा, उन दर्जनों छोटी-छोटी आँखों का कौतूहल, एक्यूपंक्चर की ही सुइयों की भाँति मेरे शरीर को बींधता मेरी चेतना हर रहा था। छोटी-छोटी आँखों और उन मंगोल चेहरों के बीच, अनमेल लग रहे उस शान्त-स्निग्ध चेहरे पर जड़ी उन दो बड़ी-बड़ी आँखों की प्रलम्ब पलकें नीचे ही झुकी रहीं। काश, एक बार, केवल एक बार, उसी झुकी चिलमन को उठाकर मैं देख पाती! क्या स्मृतियों की वह आकस्मिक बौछार उन्हें भी गीला कर गई होगी?

मामाजी

कौन कह सकता था कि यह वही मरघिन्नी-सी रोहिणी है जो अपने ताऊ की लड़की की मँगनी की साड़ी पहन, हर शादी-मुंडन पर बन्ने सोहर गाती, नटनी-सी नाचती थी! आज वह किसी बड़े अफसर की पत्नी को हर क्षेत्र में मात दे सकती थी। गरमी की छुट्टियों में जब वह पहाड़ आती, तो काठगोदाम स्टेशन पर उसका असबाब, एक आँख की कानी मद्रासी आया और बेंत से मढ़ा बच्चे का कमोड पूरे स्टेशन पर उसके व्यक्तित्व की मुहर लगा देते। कभी वह बुकस्टॉल पर खड़ी होकर विदेशी पत्रिकाओं के पन्ने उलटती, कभी अपने गोरे चेहरे पर लगे धूप के चश्मे को उतारकर अंग्रेज़ी में अपने दोनों बच्चों को डाँटती और कभी अपनी कलाई पर बँधी घड़ी में बार-बार समय देखती। उसका व्यक्तित्व भी पति की अफसरी के साथ-साथ निखर आया था। बड़े अफसर की पत्नी बनना भी काँटों का ताज पहनना है, यह रोहिणी भली-भाँति समझ गई थी; पर कुशल पत्नी की भाँति वह बिना मीन-मेख निकाले, जान-बूझकर भी मक्खी निगल लेती थी। हर सेर में दो छटाँक का कमीशन उसके अर्दली का जन्मसिद्ध अधिकार था। आया की तनखा, दोनों बच्चों के अंग्रेज़ी स्कूल की महँगी फीस, ये सब खर्चे तो थे ही, उस पर उसका रहा-सहा खून सुखाने को उसके पति राजेन्द्र ने हिसार की एक भैंस भी खरीद ली थी। चरी-भूसा, अल्लम-गल्लम से रोहिणी के चपरासी का भत्ता बड़े मज़े में घर बैठे निकलने लगा, पर भैंस के साथ-साथ अर्दली की ही चमड़ी चिकनी होने लगी, घर के साहब और मेम साहब सूखने लगे।

"इससे तो आपने हाथी पाल लिया होता, तो वह भी सस्ता पड़ता; यह मुई तो हर महीने अस्सी रुपये डकार रही है!" वह भुनभुनाकर पति से कहती, पर राजेन्द्र सुनी की अनसुनी कर देता। रोहिणी को कभी सन्तोष नहीं हुआ।

एक जिले से दूसरे को तबादला नहीं होता तो वह पति को अकर्मण्य होने के ताने देती। तबादला होकर वह तरक्की पर जाता, तो वह उसके पिछले पद के लिए बिसूरती–"इससे तो आपकी डिप्टी कलक्टरी अच्छी थी! कलक्टर न हुए तहसीलदार हो गए! जब देखो तब एक न एक मिनिस्टर, डिप्टी मिनिस्टर कन्धे पर सवार है! सेक्रेटेरियट में ज़रा-सी कोशिश से पहुँच जाइएगा। रुक्की जीजी को देखिए न, जीजाजी डिप्टी सेक्रेटरी क्या हुए, रानी बन गई हैं।"

राजेन्द्र ने भी उसे एक दिन रानी बना दिया, पर उसका बड़बड़ाना बन्द नहीं हुआ। अब वह भैंस, चपरासी और सेकेंड हैंड खरीदी गई फियेट पर बुरी तरह बरसने लगी। दुहेजू पत्नी की भाँति दुहेजू मोटर भी दिन-रात नखरे दिखाती है, इसमें कोई सन्देह नहीं। उस पर राजेन्द्र गाड़ी चलाने में बेहद घबरा जाता था। इसी से साहब की चुटिया दिन-रात ड्राइवर की मुट्ठी में रहती। जब चाहे उनसे पानी भरवा ले। कभी इंजन में खराबी बता देता, कभी न जाने किस अदृश्य छिद्र से पूरी गाड़ी का पेट्रोल ही सोख लेता। पर साहब भी नहले पर दहला थे। भैंस पालते ही अहीर के जन्मजात गुण-दोष उन्होंने स्वयं ही ग्रहण कर लिये। अहीर जिस निर्लज्जता से ग्राहकों के दूध में पानी मिलाता है, उसी बेहयाई से वह अपनी अफसरी में पानी मिलाने लगे। कभी दौरे पर जाते, तो तगड़ा टी. ए. बिल बनाकर अपने विभाग को मूँड़कर धर देते। जब जी में आता, तब दफ़्तर जाते। लंच के लिए लौटते, तो घंटों खर्राटे लेते। फाइलों का अनाथ अम्बार मेज़ पर पड़ा रहता। बाहर घंटी पर बैठा चपरासी ऊँघता और भीतर साहब!

रोहिणी अपने नए फ्लैट में आकर भी खुश नहीं हो पाई। एक तो लखनऊ उत्तर प्रदेश की राजधानी, उस पर राजेन्द्र एक उच्चपदस्थ अफसर। दिन-रात के मेहमानों ने उसकी नाक में दम कर दिया था। कभी कोई आत्मीय होल्डाल लटकाए, टोकरी लिये इंटरव्यू के लिए चला आ रहा है, कभी कोई अपनी बदली रुकवाने। टोकरी में लाएँगे भी बस पहाड़ी सस्ते तोहफे या पाव-भर की एक-एक पहाड़ी मिर्चें या फिर दस सेर का विशाल बमगोले-सा भीम कद्दू। रोहिणी के जी में कभी-कभी तो आता कि वही कद्दू खींचकर मारे अतिथि देवता के सिर पर! पर भारतीय नारी क्या कभी ऐसा दुस्साहस कर सकती है? खूब हँस-हँसकर वह अतिथि की अभ्यर्थना करती। जाड़े में जीजी, ताई या चाची को साथ लेकर आने का अनुरोध करती और अतिथि

देवता के जाते ही पति पर बरस पड़ती।

उस दिन भी ऐसा ही हुआ। पिछली रात की पहाड़ की गाड़ी से उसके पति के देहाती उजड्ड मामाजी विदा हुए, तो उसने पति को खूब जली-कटी सुनाई थी। अपना पेट दिखाने ही ममिया ससुर कालीकुमाऊँ से चले आए थे। उनका कथन था कि उनके पेट में भयानक फोड़ा है। मेडिकल कॉलेज के चरक उनके मत से सहमत नहीं थे। उन्हें केवल वहम की बीमारी थी। ऐसा स्वस्थ पेट उन्होंने कभी नहीं देखा था। रोहिणी के कथनानुसार बुड्ढे के पेट में कोई भयानक ड्रैगन-सी जोंक थी। एक बार में बीस रोटियाँ खाकर बुड्ढा उसका पटरा बैठा गया था। उस पर रोहिणी का कहना था कि मामाजी को खिड़की से पेशाब करते उसने स्वयं देखा और राजेन्द्र कहता था कि ऐसा जघन्य कार्य उसके मामा कभी नहीं कर सकते। इसी बात को लेकर दोनों में सुबह खूब चेंचें-पेंपें हुई और आधा पेट खाकर ही राजेन्द्र उठ गया था। इसी से जब दोपहर में राजेन्द्र का फोन आया तो रोहिणी का माथा ठनका। नाराज़ होकर गए थे, फिर फोन कैसे आ गया!

"क्या है?" कुछ झल्लाकर ही उसने पूछा।

"सुनो, तुम्हारे देबूदा आ रहे हैं। अभी-अभी तार आया है। बड़े काम के आदमी हैं। रोहिणी, खूब बढ़िया खाना पकाना।"

रोहिणी का चेहरा क्रोध से तमतमा उठा। काम के आदमी हैं न खाक-पत्थर!

"भई देखो, पकवान-टाइप खाना बनवाना। आखिर पुरोहित कुल है, संस्कार थोड़े ही मिटते हैं! हमारे मामा तो हैं नहीं जो खिड़की से..."

झल्लाकर रिसीवर पटक दिया था रोहिणी ने। मायके के कुल को लक्ष्य कर फेंका गया पति का तीखा भाला उसकी छाती में घुप गया। उसके पिता पुरोहित थे, इसे बार-बार स्मरण दिलाने की कौन-सी आवश्यकता थी! चाहती तो वह भी पति को कैसे-कैसे तानों से बींध सकती थी। श्वसुर-कुल की कीर्ति क्या उससे छिपी थी! उसकी सुन्दरी विधवा ताइया सास का उसके श्वसुर से जो रसीला-मधुर सम्बन्ध था, उसे कौन नहीं जानता? अब चाहे गंगा में कितनी ही डुबकियाँ लगाकर अपने गौर ललाट को चन्दन-चर्चित कर लें, राजेन्द्र की ताई ललाट का खिला कलुष क्या मिटा सकेंगी? आज देबूदा के आने का समाचार सुन उसकी आँखों में नन्दन का चेहरा तैर गया। भाईदूज के दिन अभागे भाई की स्मृति में उसकी आँखें छलछला उठीं। दीन पुरोहित

का हतभागा पुत्र नन्दन अपनी दीदी की ससुराल में आश्रय की भीख माँगकर ही आया था। रोहिणी के पुरोहित पिता की मृत्यु हो गई थी। दरिद्र अनाथा रूपवती बालिका को केवल उसके सौन्दर्य पर ही रीझकर उसके श्वसुर बहू बना लाए थे। रोहिणी की विधवा माता साधारण ब्राह्मण-वृत्ति करने वाले परमानन्द पांडे की पत्नी थीं। पति को विवाह-यज्ञोपवीत से मिले एक-दो दुशाले और रेशमी पीताम्बर देकर ही उसके कन्यादान से मुक्ति पा ली थी। बड़े कष्ट से पुत्री को इंटर तक पढ़ा पाई थी। समधी आग्रह कर स्वयं ही नन्दन को भी लेते गए थे। फिर एक बात और थी, नन्दन रोहिणी का जुड़वाँ भाई था। नाक, आँखें, होंठ, सब एक ही ठप्पे का—वैसी ही बड़ी-बड़ी भोली आँखें, घनी पलकों का एक ही कटाव, यहाँ तक कि दोनों के कच्चे गले की हँसी भी एक ही सी थी। समधी को उसे देखकर लगा जैसे भाई-बहन की उस अनुपम जोड़ी में से एक ही को लेने पर एक सुन्दर जोड़ा नष्ट होकर रह जाएगा। क्यों न भाई-बहन साथ-साथ रहें? विधाता ने उन्हें सब कुछ दिया था। लड़का आराम से पढ़ेगा-लिखेगा। माँ क्या खिलाकर पढ़ाएगी! बेचारी स्वयं लोगों के यहाँ फटक-बीनकर पेट पालती थी। लड़की और लड़के को दयावान समधी को सौंपकर वह बदरीनाथ की यात्रा को गई और फिर नहीं लौटी। तीर्थयात्रियों को लेकर एक बस उलट गई थी, उसी में रोहिणी की माँ भी गई थी। पहले-पहले नन्दन को हाथों ही हाथों में नचाया गया, पर धीरे-धीरे वह बासी पड़ने लगा। रोहिणी की जिठानी कालिन्दी दरिद्र कुल से लाई गई अपनी देवरानी के पीछे हाथ धोकर पड़ी रहती। उसके पति बर्मा में इंजीनियर थे, इसी से विशालांगी कालिन्दी पति के वैभव-मद में चूर रहती। एक दिन नन्दन से बोली—"कहो हो छोटे पंडित, पिता से कुछ पूजा-पाठ भी सीखे हो या निरी कोरी हँड़िया हो? कुछ संकल्प कराना जानते, तो तुम्हें बर्मा ले चलती। वहाँ तो पितृपक्ष में जिमाने को कोई ब्राह्मण भी नहीं जुटता! पहाड़ी घरों में भला बिना पुरोहित-पंडों के निभती है? अब पिछली रक्षा-बन्धन में रक्षा बाँधने वाला भी कोई नहीं मिला...!"

"रक्षा बाँधना तो मुझे आता है न दीदी?" समर्थन के लिए मूर्ख नन्दन ने सिर झुकाकर बैठी रोहिणी को उकसाया और ज़ोर-ज़ोर से सबको सुनाकर हिल-हिलकर पढ़ने लगा—"येन बद्धो बली राजा..."

"जा, भाग बाहर!" चीखकर रोहिणी ने उसे भगा दिया। कालिन्दी और उनकी ननदें जोर से हँस पड़ीं। रोहिणी की आँखें छलछला आईं। अपने उस

मूर्ख जुड़वाँ सहोदर को लेकर उसे नित्य घर-भर के ताने सुनने पड़ते। स्कूल से भागकर वह दिन-भर सड़क के आवारा छोकरों के साथ गुल्ली-डंडा खेलता, कभी घर-भर की औरतों के पेटीकोट और ब्लाउज़ सुखाने छत पर चढ़ जाता, कभी एक-एक आने के पान के लिए तीन मील दूर बाज़ार भगाया जाता। नन्दन में आत्म-सम्मान नाम की कोई वस्तु नहीं थी और इसी बात का रोहिणी को सबसे अधिक दुख था।

श्वसुर की मृत्यु हुई, तो सम्मिलित परिवार का दुर्ग स्वयं ढह गया। रोहिणी अपने दोनों बच्चों और भाई को लेकर पति के साथ रहने लगी। अब वह स्वतन्त्र थी। न ताइया सास का अनुशासन था, न ससुर की ताड़ना। कालिन्दी बर्मा चली गई थी। दोनों ननदों का विवाह हो गया था। रोहिणी भाई की ओर से उदासीन रही, ऐसा भी नहीं था। उसने नन्दन के लिए दो-दो मास्टर भी लगवा दिए थे, पर वह हाईस्कूल में लगातार पाँच वर्ष फेल होकर पंचवर्षीय योजना पूर्ण कर चुका था। छोटी भानजी से खेलना उसे बहुत पसन्द था। कभी रोहिणी की नज़र बचाकर वह नन्ही नीलू के हाथों से बिस्कुट छीनकर खा लेता, कभी उसके मुँह से दूध की बोतल खींचकर खूब बड़ी-बड़ी घूँटें ले लेता। बच्ची ज़ोर से रोती, पर मामा के चेहरे से अपनी माँ का आश्चर्यजनक साम्य देखकर स्वयं ही चुपचाप हो जाती। मामा का चेहरा भी उसकी अबोध आँखों में माँ ही का था। नन्दन कभी भानजी को गोद में लिये नौकरों के सागर-पेशे में चला जाता और खूब बीड़ियाँ फूँकता। गाजीपुर को राजेन्द्र का तबादला हुआ, तो नन्दन बड़ा प्रसन्न हो गया। जीजा जिले के बादशाह थे। उनकी सल्तनत में साले की खूब मौज थी। खूब बड़ी कोठी थी। उसके विराट अहाते में इमली, बेर और आम के दरख़्तों का पूरा जंगल था। एक ओर गन्ना खड़ा था, दूसरी ओर अरहर। नन्दन जब जी में आता, उस बियाबान में जाकर खो जाता। दीदी के असंख्य अर्दलियों को भी इस घर के भेदी विभीषण के आने से बड़ी सुविधा हो गई। वह साहब का अकर्मण्य साला था, इसी से उसे लट्टू-सा घुमाया जाने लगा। साइकिल टूटती, तो मूर्ख नन्दन को फँसाया जाता। नन्दन किसी भी अपराध की जयमाला ग्रहण करने को सर्वदा तत्पर रहता। जीजा के अर्दली अली मर्दान से उसकी प्रगाढ़ मैत्री थी। उसी ने उसे अफीम की कुटेव डाल दी। पहले-पहले अली अपने किशोर मित्र का शौक स्वयं पूरा करता रहा, फिर उसने नन्दन को घर की छोटी-मोटी चीज़ें पार करना सिखा उसे उसके पैरों पर खड़ा कर दिया।

जिस दीदी की थाली में नन्दन खा रहा था, अब वह उसी में छेद करने लगा। एक दिन राजेन्द्र की हाथ की घड़ी खो गई। रात को खोलकर सिरहाने की मेज़ पर रखी थी। सुबह उठा, तो नहीं थी। थोड़ी ही देर में पूरे बँगले में तहलका मच गया। तीखी मूँछों वाले खुर्राट दारोगा ने घर के नौकरों की चमड़ी उधेड़ दी।

"गरीब-परवर," अली मर्दान का एक-एक शब्द रोहिणी को अभी भी याद था—"घड़ी मेमसाहब के भाई साहब ने चुराई है...साहब!" उसने दारोगा के पैर पकड़ लिये।

"क्या कहता है, कमबख़्त!" दारोगा ने उसे ठोकर से दूर पटक दिया। पर घाघ दारोगा घाट-घाट का पानी पिए था, उसकी आँखों ने चोर पकड़ लिया। नन्दन ज़मीन पर नज़र गड़ाए चुप खड़ा था।

"कसम कुरान की, सरकार, कल भैयाजी को कबाड़ी से मोल-भाव करते मैंने खुद देखा। पच्चीस रुपये माँग रहे थे...!"

राजेन्द्र का खून खौल उठा। सिर झुकाए नन्दन काँप रहा था। उसकी साढ़े तीन सौ की घड़ी पच्चीस में। "अहमक...बेहया!"—कहकर राजेन्द्र क्रोध में अन्धा बन उसे जूतों से ठोकरें मारता बरामदे के एक कोने से दूसरे कोने तक फुटबाल-सा उछालने लगा। क्रोध आने पर राजेन्द्र आपे से बाहर हो जाता था। इधर जिलाधीश बनने के पश्चात उसे हाई-ब्लडप्रेशर हो गया था। वह मारते-मारते शायद उसकी जान ही ले लेता, पर रोहिणी उसे खींचकर भीतर ले गई थी—"अपने ओहदे का तो ख्याल कीजिए...! सब नौकर-चाकर देख रहे हैं, क्या कहेंगे! यह अभागा होते ही क्यों नहीं मर गया, आज यह अपमान तो नहीं होता!" वह रोने लगी थी। किन्तु अँधेरा होते ही जिस भाई की वह मृत्यु-कामना कर रही थी, उसी के लिए जी न जाने कैसा-कैसा होने लगा। पिछवाड़े जाकर उसने देखा, आया खड़ी थी। "मेम साहब, भैयाजी तो लँगड़ाते-लँगड़ाते बँगले से बाहर चले गए थे...!" वह बोली।

"मरने दो अभागे को!"—कहकर रोहिणी ने द्वार बन्द कर दिया था।

उसका वह द्वार तब से भाई के लिए सदा बन्द ही रह गया।

खोये भाई को ढूँढ़ने का न उसने कोई प्रयत्न किया, न राजेन्द्र ने। धीरे-धीरे नन्दन की स्मृति की छाया स्वयं ही मिट गई। आज देबूदा के आने के समाचार से जब बच्चे 'मामाजी...मामाजी' कहकर उत्साह से कमरा ठीक करने लगे और वह पकवान बनाने में जुट गई, तो उसकी अन्तरात्मा उसे न जाने

क्यों धिक्कारने लगी। सगे मूर्ख मामा के अस्तित्व से भी अबोध बच्चे अनभिज्ञ थे और देबूदा-से ओछे व्यक्ति के लिए वह कैसी तैयारियों में जुट गई थी! वही देबूदा, जिसके पिता उसके सगे ताऊ होकर भी उसके दरिद्र परिवार के कभी हितैषी नहीं रहे। गरमी की छुट्टियों में घर आते, तो देबूदा और उनकी बहन लक्ष्मी गन्धर्व-किन्नरी की-सी सज-धज से ऐंठे फिरते। वह डरती-डरती लक्ष्मी दीदी के पास जाकर कहती--"लच्छी दी, एक साड़ी देंगी मुझे आज? पन्तजी के नाती का जन्मदिन है, मुझे नाचना है!"

"बाप रे बाप, तेरा नाच हो गया न तूफान! जब देखो तब सुनती हूँ, साड़ी चाहिए; तेरा नाच है! देती हूँ, पर खबरदार जो एक खरोंच भी लगी! अम्मा मुझे मार डालेंगी। मेरी कोई भी साड़ी तीस से कम की नहीं है, ले..." कह एक रंग उतरी सस्ती रेशमी साड़ी उसकी गोद में पटक देती और इतना सब कुछ सुनकर भी वह मँगनी की साड़ी उठाए ऐसी भागती जैसे दुनिया की सारी दौलत उसके हाथों में आ गई हो। आज वह देबूदा से सब बातों का बदला लेगी। पहले बिठाएगी अपने दीवानखाने में, फिर बेडरूम, किचनरेंज दिखाकर अपने स्वादिष्ट घृत-पकवानों से उसे अभिभूत कर देगी। वह देबूदा के ओछे स्वभाव को जानती थी। सुना, बहुत बड़े आदमी हो गए हैं। एक-दो वर्ष में मुख्यमन्त्री बनने की भी सम्भावना है। लाखों रुपया बना लिया है। लच्छी दी ने किसी मुसलमान से अन्तर्जातीय विवाह कर लिया था और पाकिस्तान चली गई थीं। यदि देबूदा ने नन्दन की कुशल पूछी, तो वह भी तुरुप मार देगी लच्छी दी की कुशल पूछकर।

देबूदा आए तो वह दंग रह गई। कद उनका पहले ही बूटा था, अब एकदम गोल बन गए थे। खद्दर का धोती-कुरता और टोपी पहन देबूदा बड़े रोबदार लग रहे थे। हाथ के दो-तीन कुम्हलाए पुष्प-हार उसकी पुत्री को थमाकर देबूदा हँसते-हँसते स्टील के निहत्थे सोफे पर धँस गए—"बाप रे बाप, कैसी भाग्यवान है तू रोहिणी, अपने पति को रोज़ देख तो लेती है! यहाँ तो चार महीने का आकाश-विहारी बना फिर रहा हूँ। यह ज़िन्दगी ही ऐसी है!" उन्होंने बड़ी अदा से सिगार की राख गिराई! "किसकी पत्नी और किसका पति!" वह रोहिणी के निमन्त्रित भड़कीले अतिथियों को देखकर कहते जा रहे थे, "अभी एम. पी. दल का नेतृत्व करके लौटा हूँ। आज रात ही फिर दिल्ली पहुँच कर पंडितजी से मिलना है।" उन्होंने ऐसे लहजे में कहा जैसे उसके साहचर्य के बिना पंडितजी के गले के नीचे गस्सा भी नहीं उतरता।

"सोचा, भाईदूज है, तुझे भी मिलता चलूँ।"

"बड़ा अच्छा किया, देबूदा, आपको मेरी याद तो आई!"

"क्या करूँ, बहन, याद क्यों नहीं आती, पर आज जेनेवा कॉन्फरेन्स है, तो कल सऊदी अरेबिया जाना है। अब तू ही बता, ऐसी ज़िन्दगी में दम मारने की भी फुरसत किसे रहती है!" उन्होंने अपनी किश्ती-सी खद्दर की टोपी को उतारकर गोदी में धर लिया और आराम से टाँगें पसारकर सिगार फूँकने लगे।

रोहिणी ने उस दिन पहाड़ी पकवानों से मेज़ भर दी थी। मोमन डली फूली पूरियाँ थीं। पहाड़ी ककड़ी का पीला रायता था। भाँग के बीज भूनकर बनाई गई दाड़िम की चटनी थी और घी में तले गए कुरकुरे लाल सिंगल थे, जिनकी खुशबू से देबूदा के नथुने फड़कने लगे। एक क्षण को वह सऊदी अरेबिया, जेनेवा कॉन्फरेन्स और पंडितजी को भी भूलकर खाने की सामग्री पर टूट पड़े। रोहिणी के दोनों बच्चे अपने हिस्से की पूरियाँ और पकवान टोकरी में भरकर लॉन में पिकनिक मनाने चले गए थे। हरी-हरी घास पर चटाई बिछा, महिम भागकर पड़ोस के भाटिया साहब के बच्चों को पिकनिक का निमन्त्रण दे आया था। दोनों बच्चे कैक्टस के बड़े पीपे के पास खड़े होकर मित्र-मंडली की प्रतीक्षा कर रहे थे। भीतर की पार्टी के अतिथियों की हँसी का स्वर अंग्रेज़ी रिकार्ड के संगीत के साथ तैरता आ रहा था। 'हाउस ऑव बैम्बू' और उसी लोकप्रिय धुन के साथ सीटी बजाकर महिम एक पैर से ताल दे रहा था कि सहसा उसकी सीटी का स्वर गले में ही सूख गया। "दीदी, देख..." और वह कुछ नहीं कह सका। भय से आठ वर्ष के महिम की घिग्घी बँध गई। लॉन के लता-द्वार पर एक नंगधड़ंग छह फुटा पगला खड़ा था। उसकी दोनों आँखें लाल अंगारे-सी दहक रही थीं। गन्दी दाढ़ी के छितरे बालों पर उसकी लार टपक रही थी। वह धीरे-धीरे बच्चों की ओर बिना देखे टोकरी की ओर लोलुप दृष्टि से देखता बढ़ा आ रहा था। उसके हाथ में एक सूखी टहनी थी और दूसरा हाथ कटा था। कुहनी के नीचे कुछ था ही नहीं।

नीलू भाई का हाथ खींचकर भीतर भाग गई। रोहिणी फ्रिज से मिठाई निकालने आ रही थी, अँधेरे में वह दोनों बच्चों से टकरा गई।

"अरे, यहाँ क्या कर रहे हो? हो गई तुम्हारी पिकनिक?"

"ममी, देखो..." माँ को पाकर नीलू का साहस लौट आया—"देखो, ममी,

वह नंगा पगला हमारी टोकरी से पूरी निकालकर खा रहा है!"

खिड़की के काँच से सड़क के लैम्पपोस्ट की धुँधली रोशनी में पगला भयानक लग रहा था। दोनों घुटने टेककर वह टोकरी से पूरियाँ निकाल, नोच-नोचकर भूखे कुत्ते की तरह खा रहा था।

"यह हरामखोर दरबान मुफ्त ही तनखा लेता है! लॉन के भीतर पागल आ कैसे गया?" बड़बड़ाती रोहिणी ने बाहर की बत्ती जलाई और डपटकर कहा– "भाग जा! कौन है तू?"

पगला उसे देखकर परमहंस योगी की भाँति हँस पड़ा। पूरी के गस्से से उसके दोनों गाल फूल गए थे। वह फिर हँसा, पर रोहिणी नहीं हँस सकी। घबराकर उसने बत्ती बुझा दी। उसकी डपट सुनकर दरबान लाठी ठकठका बढ़ आया। उसकी आहट पाते ही पगले ने नट की-सी फुर्ती से अपने कटे हाथ के बावजूद एक ही हाथ से चील की भाँति झपट्टा मारकर टोकरी उठा ली और दीवार को लाँघकर हवा हो गया। अभागा आया भी ठीक भाईदूज के दिन! पर हाथ कैसे कटा? रोहिणी के जी में आया कि दरबान से कहे, भागकर पगले को पकड़ ले, वह पगला उसका सगा जुड़वाँ भाई है! पर उसका आदेश उसके कंठ में ही विगलित होकर रह गया। पगले ने निस्सन्देह उसे पहचान लिया था। कैसे उसकी आँखें क्षण-भर को चमक उठी थीं! पहचान कर ही तो वह अपनी चिरपरिचित भोली हँसी हँसने लगा था। पहचानकर भी वह भाग क्यों गया? नहीं, पहचाना नहीं होगा। रोहिणी अपने व्यर्थ तर्क से अपने चित्त को स्वयं शान्त करने लगी।

"अरे भई, कहाँ हो?" भीतर से राजेन्द्र ने हाँक लगाई–"अच्छी मिठाई लेने गईं! रोली-अक्षत भी लेती आना। तुम्हारे देबूदा का एक-एक क्षण अमूल्य है।"

रोहिणी हड़बड़ाकर पूजागृह की ओर चली गई। निभृत निसंग पूजनगृह में पहुँचकर थाली में रोली-अक्षत सजाती वह अपने को रोक नहीं सकी–सिर झुकाए बुरी तरह सिसक उठी।

"जल्दी करो, मम्मी! पापा कह रहे हैं, मामाजी को अभी जाना है।" नीलू भागती-भागती आई।

रोहिणी ने मुँह फेरकर आँखें पोंछ लीं। उसके धनान्ध, विवेकशून्य चित्त ने उसे फिर समझाया–क्या वह पति के उच्चवर्गीय अतिथियों के सम्मुख अपने पगले नंगधड़ंग भाई को लाकर खड़ा कर सकती थी? विभिन्न विभागों

के सचिव, अनुसचिव, उनकी ओछी-दम्भी पत्नियाँ, जिनमें से किसी का भाई ब्रिगेडियर था, किसी का मेजर...और उन सबके बीच सोफे पर लेटे बर्मी सिगार का विलासी धुआँ छोड़ते उसके देबूदा। किस दुस्साहस से वह छितरी दाढ़ी पर लार टपकाते अपने पगले भाई का परिचय दे पाती?

"ममी, मामाजी को मैं भी टीका करूँगी!" उछलती-कूदती नीलू बड़े उत्साह से रोली का थाल छीनकर भीतर भाग गई।

अनाथ

सोचती हूँ, क्या इसे अपनी मौलिक कहानी कह सकती हूँ? पूरा कथानक ही तो विधाता का है; किन्तु कहने में क्या दोष है! अब तो कहानी के नायक ने कालचक्र की यवनिका के अन्तराल में अपने जीवन के रंगमंच पर किसी कुशल अभिनेता की कार्यपटुता से दूसरा ही अभिनय आरम्भ कर दिया है और नायिका एक रहस्यमयी कन्दरा में सदा के लिए खो गई है। फिर भी कैसा विचित्र संयोग है कि मैं एक ही माह की छोटी-सी अवधि में तीनों पात्रों से एक-एक कर फिर टकराती चली गई हूँ!

"एई जे, कैमोन आछेन बऊदी?"

मैं पूछने वाले के कुछ परिचित और अपरिचित-से लगते चेहरे की ओर देखती रह गई।

"क्षमा कीजिएगा, मैंने पहचाना नहीं।" मैंने एक बार फिर अपने स्मृति-द्वार की जंग-लगी कुंडी खटखटाई।

"हो-हो-हो!" कहता वह लम्बा-चौड़ा सुपुरुष एक प्रकार से मेरा मार्ग अवरुद्ध कर खड़ा हो गया।

अचानक उस हँसी के कोमल स्वरों को मैंने पहचान लिया—"अरे बनर्जी, तुम! कितना बदल गए हो तुम! सुना, विदेश भी घूम आए हो। वहीं से यह अनुपम स्वास्थ्य की पोटली बाँध लाए क्या?"

"ताई होबे एखौन चलूत देखी।" वह मुझे हाथ पकड़कर ले चला।

"अरे भई, कहाँ चलना होगा?" मैंने हँसकर पूछा।

"पहले चलिए, कार खड़ी है। आज हमारी गिन्नी से मिलना होगा, खोका से पुतुल से। फिर बात होगा।"

गिन्नी सुनकर मैं चौंक पड़ी। तो क्या इस प्रिय नाम का सर्वाधिकार

अब सुरक्षित नहीं रहा? रहेगा कैसे! मैं सुन तो चुकी थी, बनर्जी विलायत घूम आया है, दिल्ली में बहुत बड़ी कोठी बनवा ली है, किसी ज़मींदार की पुत्री से विवाह किया है, अब रूस जा रहा है। तमाल तरु-सी श्यामल कान्ति का वह बंगाली तरुण कभी मेरे पति का परम मित्र था। मुक्तेश्वर के ऊँचे पहाड़ की ढलान पर लाल छत के दो एक-से बँगले थे, उन्हीं आसपास सटे बँगलों में से एक में हम रहते थे और एक में रहता था कुँआरा बनर्जी। उस आनन्दी स्वभाव के सरल युवक को मेरी सास भी बहुत चाहती थीं और उसके विचित्र विवाह की साँझ को उन्होंने बन्ने और घोड़ियाँ गा-गाकर धन्य किया था। पूरा मुक्तेश्वर बनर्जी के विवाह का विरोध कर उठा था—कुमाऊँ की कन्या को किस दुस्साहस से वह ब्याह ले जाएगा, वे देख लेंगे। किन्तु संयुक्ता की भाँति तेज घोड़े की पीठ पर बैठाकर ऐनी को बनर्जी नैनीताल भगा ले गया तो लोग हाथ पर हाथ धरे बैठे रहे। फिर ऐनी क्या कुमाऊँ की थी? उसकी माँ थी नेपाल की, पिता थे आइरिश मेजर। ऐनी की माँ के घोर कृष्ण वर्ण पर ही रीझकर उसने विवाह किया था। ऐनी दो वर्ष की थी तो मेजर की मृत्यु हो गई। सेब का छोटा-मोटा बगीचा और एक बँगला पत्नी के नाम पर मेजर छोड़ गया, किन्तु ऐनी की माँ उसका उपभोग नहीं कर पाई। धीरे-धीरे उसके आत्मीय स्वजन उससे मिलने आने लगे। लाख छिपाने पर भी उसके महारोग का रहस्य खुल गया। ऐनी की माँ के पूरे खानदान को वही रोग था। उसका बँगला छीनकर ग्रामवासियों ने उसे पुत्री-सहित खदेड़ दिया। वह कहाँ गई, कब लड़की इतनी सुन्दर बन गई, सब लोग भूल गए। उसके यौवन और सौन्दर्य के सम्मुख क्रूर समाज ने भी घुटने टेक दिए। सुन्दरी ऐनी फिर मेजर के बँगले में रहने लगी। कभी सुनहरे बालों पर रेशमी रूमाल बाँधकर 'हेय होय हो हो' कहती, कनस्तर बजाती सेब के पेड़ों पर बैठे तोते भगाती, कभी: अपने मृत पिता के विलायती सूटों के अम्बार को धूप दिखाती और कभी भागकर हमारे बँगले में आ जाती। लड़की वास्तव में पूरी अंग्रेज़ लगती थी। कहीं भी उसकी चाल-ढाल में शील-सौजन्य की मुहर नहीं थी। चलती तो लगता, पानी में फिसलती चिकनी मछली तैर रही है। हँसती तो दीवारें ढहा देती। ईसाई बिरादरी ने उसको गिरजे में जाने की अनुमति नहीं दी तो उसने मुक्तेश्वर महादेव के मन्दिर पर धरना दिया। वहाँ के पुजारी ने खदेड़ा तो शूद्रों की पूजा का प्रसाद लेने पहुँची। वहाँ भी चाण्डालिका का प्रवेश निषिद्ध था। लोग फुसफुसाने लगे—"हिरुली कोढ़िन

की बेटी है। बाप फिरंगी था, इसी से गाल देखो जैसे रामगढ़ के सुर्ख सेब हैं।" पर ऐनी अकेली ही समाज से मोर्चा लिये खड़ी रही। एक-आध दुःसाहसी मनचलों ने आधी रात को उसका द्वार खटखटाया, तो वह रणचंडी-सी उनके बीच कुल्हाड़ी लेकर कूद पड़ी। उसकी इसी बहुमुखी प्रतिभा पर बनर्जी मर मिटा था। लड़की सुन्दर, साहसी और खरा सोना थी। पढ़ी-लिखी नहीं थी तो न सही, माँ कुष्ठ रोगी थी तो क्या हुआ, वह उसी से विवाह करेगा। मेरे पति ने उसे समझाया भी था। "ऐसा न हो कि बाद में पछताना पड़े। सोच लो, बनर्जी"—उन्होंने कहा था।

"सोचेगा आबार क्या!" बनर्जी की भावुक आँखें चमक उठी थीं—"हम सब सोच लिया। एनी हमारा गिन्नी बनेगा। कितना लम्बा, कितना सुन्दर, की मानाबे! इसी पूर्णिमा को तुम उसका सजाएगा, बऊदी, बूझले!"

उसने मेरी ओर समर्थन के लिए दृष्टि फेरी थी। मैंने ही ऐनी को सजाया था। शरणार्थी कपड़े की दुकान के सरदारजी से लाई गई लाल आलपाके की फूहड़ साड़ी में भी वह अप्सरा लग रही थी। नीली आँखों को काजल से आयत कर काला करने की हमारी चेष्टा व्यर्थ गई थी। माथे का आँचल हवा से फरफराकर उड़ गया था। मेरे पति ने कैमरा साधा तो साँवले पति की तरुण छाया में खड़ी लम्बी ऐनी के हवा में उड़ते बाल देखकर मुझे सचमुच टेनीसन की कविता का स्मरण हो आया था। दोनों का वह अलभ्य चित्र अभी तक मेरे पास है। उन दोनों की मौजमस्ती-भरा हनीमून मुक्तेश्वर की छोटी-सी घाटी की संकीर्ण बस्ती को दग्ध कर उठा। कभी जंगल में भटक गए भोले बच्चों की भाँति दोनों हाथ में हाथ डाले दिन डूबे लौटते। ऐनी के बालों में चिपकी होती सूखी पिरुल की सुनहरी पत्तियाँ। उसके कन्धे पर होता पति का कोट। और बनर्जी के माथे पर बँधा होता ऐनी का स्कार्फ। कभी वह हमराह चलते पथिकों के सामने ही नई पत्नी को चूम लेता तो वह लाल पड़ जाती। कभी उसे खींचता पहाड़ी झरने के नीचे खड़ी कर स्वयं तालियाँ बजाता भाग जाता।

किन्तु सहसा चारों ओर भयानक भूधरों से घिरी मुक्तेश्वर की घाटी के काले विषधर ने करवट ली। लीलाधर पंडित अपनी विषबुझी जिह्वा के लिए प्रसिद्ध था। ऐनी को पाने में उसके प्रौढ़ चित्त ने बुरी तरह मात खाई थी, उसी ने बनर्जी के पिता को पत्र लिख दिया। परशुराम-सा क्रोधी बूढ़ा बनर्जी को चील की भाँति बंगाल भगा ले गया। हम आए तो बगल की बंगलिया

खाली थी। कुछ ही दिनों में बनर्जी का त्यागपत्र आ गया। सुना, उसके पिता ने उसे विदेश भेज दिया था। अभागी ऐनी अचानक एक दिन शाम को मेरे द्वार पर खड़ी थी। बनर्जी से उसे कोई शिकायत नहीं थी, किन्तु उसकी सन्तान की वह माँ बनेगी तो कौन उसे देखेगा! मैं पसीज गई। पर मेरी सास ने कहा था—"ना बाबा, न! गस्सा दे दे पर बस्सा मत देना। कुछ धेला-पैसा थमा दे, पर खबरदार, यह इल्लत मत पालना!"

मैंने कहा और वह सिर झुकाकर चली गई थी। आज बनर्जी को देखकर मैं अवाक् रह गई। विशाल बँगले की बारादरी में कार रोककर वह उतर गया। लॉन में कुरसी डाले बैठी, मोटे-मोटे लैंस का चश्मा लगाए अध्यापिका-सी लगती एक लम्बी-चौड़ी युवती अभ्यर्थना के लिए बढ़ आई। पिता की कार का शब्द सुनकर साँवली-सी दुबली-पतली लड़की सकुचाकर मेरे पास खड़ी हो गई और कीमती बाबा गाड़ी में एक हृष्ट-पुष्ट बच्चे को घुमाती, स्वच्छ साड़ी पहने आया हाथ जोड़कर बड़े अदब से खड़ी हो गई। शरबत लाओ, ये लाओ, वो लाओ कर बनर्जी ने दिशाएँ गुँजा दीं और उनके विलासी आतिथ्य ने मेरा गला-सा घोंट दिया। अपनी बड़ी-बड़ी गाय की-सी निरीह आँखों से बनर्जी की गिन्नी मुझे विचित्र सन्देह की दृष्टि से देख रही थी। मुक्तेश्वर में हमारा परिचय हुआ था। कहीं मैं ही तो उसके पति की प्रथम प्रेयसी नहीं थी! बनर्जी का फ्लैट वास्तव में भव्य था। एक-एक हाथ की दूरी पर मन्त्रियों से हाथ मिलाते-मुस्कराते बनर्जी-दम्पति के अभिनव चित्र सजे थे। कमरे की सजावट में रुचि का प्रदर्शन उतना नहीं था जितना वैभव का। मैं मन ही मन बनर्जी गिन्नी के बिजली के किरण छोड़ते कर्णफूलों का दाम आँक रही थी—कम से कम पाँच हज़ार के तो होंगे ही। हीरों से दमकती उस विचित्र युवती की मोनालिसा की-सी रहस्यमयी मुस्कान से मुझे सहसा असह्य सिरदर्द होने लगा—"अब चलूँ, बनर्जी, फिर उन्हें लेकर जाऊँगी।"

मैं विदा लेकर भारी मन से लौट आई। ठीक पन्द्रह दिन बाद नैनीताल लौटी। फरवरी का अन्त और मार्च का आरम्भ नैनी का सबसे सुखद संगम है। कहीं-कहीं बर्फ गलाकर पेड़ नहा-धोकर बदन झाड़ रहे थे। कहीं बर्फ के मोटे ऐवेलैंस सर्र-सर्र का फिसलते आ रहे थे। मुझे अपने एक आत्मीय के लिए सर्पगन्धा के पौधे ढूँढ़कर भेजने थे, अकेले ही घूमती-घामती चीना पीक की ओर चल दी। बहुत-से पौधों के बलखाते फनों को हाथ में भरकर लौट रही थी। निर्जल बीहड़ मार्ग मुझे किसी स्नेही आत्मीय की भाँति गलबहियाँ

देकर खींचता लिये जा रहा था।

"सलाम, मेम साहब!"

मुझे सहसा साँप-सा सूँघ गया। ऐनी ही तो थी!

"अरे, तुम यहाँ इस जंगल में?" मेरे क्रेपसोल के जूतों के भीतर भी ठंड से अँगुलियाँ ऐंठी जा रही थीं। वह सुनहरे बालों पर फटा स्कार्फ बाँधे नंगे पाँव एक पत्थर पर खड़ी—वैसी ही लम्बी, गोरी, कनकछड़ी-सी ऐनी।

"तुम क्या यहीं कहीं रहती हो?" मैंने बढ़कर उसके दोनों हाथ पकड़ लिये पर वह अचकचाकर दो कदम पीछे सरक गई।

"हाँ, उस गुफा में हमारा पूरा बिरादरी है।"

गुफा की बिरादरी मेरा कंठस्वर सुनकर बाहर निकल आई और सकुचाकर ऐनी अपने नाखून दाँतों से कुतरने लगी। भयभीत होने पर वह सदा ऐसा ही करती थी। बिरादरी के शिव की बारात के-से रंग-बिरंगे गण एक-एक कर निकलते आ रहे थे। मेरा अंग-अंग घृणा से सिहर उठा। किसी की नाक नहीं थी, किसी का सूजा निचला ओठ डबल रोटी के कड़े टुकड़े की भाँति नीचे लटक रहा था।

"तो क्या तुम्हें भी यह बीमारी...?"—कहकर मैंने अपना प्रश्न कंठ ही में खींच लिया। छिः-छिः, क्या हो गया था मुझे। कोई बात थी पूछने की भला!

"नहीं, मेम साब!" अपने कथन की पुष्टि के लिए ऐनी ने अपनी लम्बी-लम्बी अँगुलियाँ मेरे सामने फैला दीं—"हम सोचा, जब बाहर की बिरादरी हमारा छूत मानता तो हम यहीं रहेगा।"

उसने अपनी विषाद से भीगी नीली आँखें मेरी ओर उठाईं तो मैं उससे अपनी दृष्टि न मिला सकी—मैं भी तो हृदयहीन समाज की एक सदस्या थी!

"यहाँ सब हमारा अपना लोग, वह हमारा नाना है, मौसी है। माँ का हालत बोत खराब है, मेम साब। हाथ-पैर कुछ नहीं, लड़की का गाड़ी में हम घुमाता"—उसने सिर झुकाकर कहा।

"और ऐनी, तुम्हारा बच्चा?"—डरते-डरते मैंने पूछा। क्या पता, अभागिनी के दुर्भाग्य से वह भी न रहा हो!

"हमारा लड़का हुआ था। मिशन माँगा, बिरादरी माँगा, पर हम नहीं दिया। उसका बाप हिन्दू था, इसी से हम हिन्दू अनाथालय को दे दिया।"

पुत्र की स्मृति के गह्वर से उसका कंठ क्षण-भर को अवरुद्ध हो गया।

"तो क्या तुम्हें यह पता नहीं, वह कहाँ है?" सहसा उसकी अल्प बुद्धि पर मुझे क्रोध आया।

"क्या करेगा पता करके! उसके लिए भी ठीक, हमारा लिए भी। लोग जानेगा तो कहेगा, इसका नाना कोढ़ी, नानी कोढ़ी!" उसका गला फिर भर आया, पर वह रोनेवाली लड़की नहीं थी। अपना विनोदी स्वभाव वह अभी तक बचा सकी थी, इसी से शायद अब तक जी रही थी।

"बनर्जी से कभी मिला, मेम साहब? वह तो तुम्हारे सबका बहुत फ्रेंड था।"

जिस विषय को मैं न छेड़ने का प्रयत्न कर रही थी, उसे उसने स्वयं ही छेड़ दिया। मैं हिचकिचाई। सत्यकथा प्रस्तुत करनी होगी या मिथ्या का पुट देकर इस घायल के घाव को चूमना होगा!

"हाँ, मैं मिली थी, ऐनी, बहुत दुबला हो गया है बेचारा!" मैंने बड़े प्रयत्न से दुख-भरी साँस खींची और आँखों में बनर्जी का पुष्ट चेहरा तैरने लगा।

"उसने फिर शादी बनाया, मेम साब?" ऐनी अपना पीला रुग्ण-सा चेहरा मेरे पास ले आई। मैंने चारों ओर देखा। बियाबान जंगल के बीचोबीच बनी पहाड़ी चट्टान की प्राकृतिक ठोस गुफा, जिसके द्वार पर एक विशाल पत्थर लगाकर गुफावासी अपने अनोखे आलम में डूब जाएँगे, एक बड़ा पत्थर तराशकर प्रकाश और हवा के लिए एक खुदरी खिड़की बनी थी, उसी से फक्-फक् कर साल की जलती डालियों का कड़ुआ धुआँ मेरी नाक में घुस आया।

"ऐनी, जल्दी करो, बाबा बुलाता!"—एक पतली-पलती टाँगों वाला लड़का उसे पुकारने लगा।

"...ओ आता!" अधैर्य और झुँझलाहट की रेखाओं से ऐनी का लम्बोतरा चेहरा लटक गया।

"जल्दी करो!"—लड़का फिर चीखा।

"ओह गॉड, हम आता, अब्बी!"

ऐनी फिर मेरे निकट खिसक आई। सहसा उसका नाना हाथ में एक मशाल लेकर आ गया। उसकी दोनों आँखें शायद रोग के आधिक्य से लाल अँगारे-सी दहक रही थीं। हरे कुरते का चीथड़ा आधा तन ढँके था, एक फटा भाग हवा में फड़फड़ाकर गार्ड की हरी झंडी-सा लग रहा था। मुझे लगा, किसी बियाबान जंगल के बीच किसी छोटे-से स्टेशन पर मेरी ट्रेन रुक गई

है और अनजान यात्रियों के बीच मैं एकदम अकेली हूँ। न जाने कैसा भय हुआ।

"जा छोरी, भीतर!" चिड़चिड़ा बूढ़ा नेपाली भाषा में बुदबुदाकर कुछ कहने लगा।

"जान्छू...जान्छू बाबा!" कहती ऐनी मेरे कानों के पास फुसफुसाई— "बनर्जी शादी बनाया, मेम साब?"

"नहीं ऐनी, अब वह कभी शादी नहीं बनाएगा।"

"हम जानता था, मेमसाब, हम जानता था!" प्रसन्नता से उसने मेरे हाथों को झकझोरकर चुम्बनों से भर दिया। चुम्बन यदि चौखट में मढ़ाने योग्य वस्तु होती, तो मैं उन पवित्र चुम्बनों को अपने पूजा-गृह में सहेजकर नित्य पूजती। जिस दुर्बलहृदय, निर्वीर्य पुरुष ने उसे निर्ममता से फेंक दिया था, उस पर उसका विश्वास कितना अगाध था..., कितना महान! ऐसे मधुर, पवित्र क्षणों को विदा के शब्दों से मलिन किस दुस्साहस से करती?

आगे-आगे मशाल दिखाकर पथ-प्रदर्शन कर उसका बाबा चल पड़ा तो सिर झुकाए चुपचाप मैं भी चल दी। एक बार मुड़कर देखा था, ऐनी उसी पत्थर पर खड़ी, सिर पर का स्कार्फ खोल, उसे हिला-हिला मुझे विदा दे रही थी। हवा में उड़ते सुनहरे बालों का घेरा उसके शान्त चेहरे को एक पवित्र आभा प्रदान कर रहा था। थोड़ी देर में वह अपनी बिरादरी में खो जाएगी। आज रात उसे उसके अभिशप्त जीवन के सबसे रंगीन सपने दिखेंगे, यही मुझे सन्तोष था। उसका बनर्जी शादी नहीं बनाया और कभी बनाएगा भी नहीं! पुरुष के हृदय पर नारी निरंकुश साम्राज्ञी बनकर ही राज करना चाहती है। ऐनी का साम्राज्य मैंने उसे सदा के लिए सौंप दिया था। किन्तु कैसा विचित्र साम्राज्य! न पहनने को ताज, न बैठने को सिंहासन!

कहानी का अन्त वास्तव में यहीं हो जाता, यदि लेखिका मैं होती तब न! किन्तु पाठकों की आँखों से सस्ते आँसू अत्याधुनिक लेखकों की भाँति विधाता भी नहीं चाहता। कथानक की नवीनता में उस महान शिल्पी ने हम सबको हरा दिया!

मैं आँगन में बैठी ऊन का गोला बना रही थी कि बेसुरे बैंड का स्वर सुनकर झल्ला उठी।

"माताजी, अनाथाश्रम...!"

हद है! जब देखो तब निगोड़े चन्दा उगाहने चले आ रहे हैं! अच्छा धन्धा

है, ज़रा-ज़रा से बच्चों से भीख मँगवाना!

खूब कसकर डपटने का इरादा कर बाहर गई।

दस-बारह साल के लम्बे, गोरे लड़के ने चन्दे की मुड़ी-तुड़ी मैली नोटबुक मेरी ओर बढ़ा दी। नीली आँखों में करुणा-भरी याचना थी। सूखे चेहरे को हँसी से सँवारकर वह फिर बोला–"माताजी, चन्दा!"

मैं डाँट नहीं सकी। उसके हाथ की खँजड़ी के घुँघरू बीच-बीच में हवा से शायद खनक उठे।

वह आश्चर्य से मुझे देख रहा था। मैं जैसे गूँगी हो गई। सब्जी मँगाने के लिए पाँच का नोट थामे थी, वही चुपचाप उसकी ओर बढ़ाकर मैं फिर उसे देखने लगी–ओह, वही था! निश्चय वह वही था!

नोट पाकर वह अविश्वास से मुझे देखने लगा–पाँच का नोट तो क्या, एक का नोट भी उसे शायद आज तक कभी चन्दे में नहीं मिला था। दस गालियों के साथ मिलती थी कभी एक दुवन्नी या चवन्नी। आँखें तिरछी कर वह ठीक अपनी माँ की भाँति मुस्कराया।

कितने सारे प्रश्नों की तरंगें मेरे कंठ के प्राचीर से टकरा-टकराकर टूट गईं।

मेरे कुछ पूछने से पहले ही वह तीर-सा छिटककर अपने दल में नोट दिखाने भाग गया। शायद उसे डर था, मैं कहीं रेज़गारी वापस न माँग लूँ।

"तुम किस अनाथालय के हो, बच्चे?"–मैंने चीखकर पूछा। पर प्रश्न के साथ ही साथ लोहे की छड़ों-भरी तीन-चार मिलिटरी ट्रकें निकलीं, फिर घंटे टनटनाती फायर ब्रिगेड की पूरी बारात और अन्त में 'रामनाम सत्य' के गाम्भीर्य की गर्जना के साथ-साथ सजी अरथी का लम्बा जुलूस। इस सबके गुज़रने के बाद सड़क साफ हुई तो अनाथालय का वह दल खो गया था। उसके बाद कई अनाथाश्रम वाले आ-आकर चन्दा ले गए हैं, पर जिस गोरे, लम्बे, तिरछी आँखों वाले कमनीय किशोर चेहरे को मैं ढूँढ़ती हूँ, वह नहीं दिखता।

एक अनाथालय के दल के एक चतुर-से लड़के से पूछा तो वह बोला–"अनाथालय क्या एक-दो हैं, माँजी? अनाथ भी कई तरह के होते हैं–सरकारी, बेसरकारी, पिराइवेट।" वह सन्दर्भ-सहित उनकी व्याख्या करके अपना ज्ञान बघारने लगा।

वह अनाथ न सरकारी की श्रेणी में आता था, न बेसरकारी की।

"उसके माँ-बाप दोनों ज़िन्दा हैं, भाई!"—मेरे मुँह से झल्लाहट के साथ निकल पड़ा।

"तब फिर वह अनाथ कहाँ है?" मेरे अज्ञान पर वह हँसकर, चन्दा बटोरकर चला गया।

पर मैं उसे कैसे समझाती कि माँ-बाप के जीवित रहने पर भी उस अभागे से बड़ा अनाथ इस विराट विश्व में और कोई नहीं है!

भूल

कलकत्ता की भड़कीली सड़कों को चीरती, गिरीश की कार 'तिवारी मैंशन' के द्वार पर खड़ी हुई और वह सहम गया। स्टेट्स के 'स्काई-स्क्रेपर्स' देखने की अभ्यस्त, तरुण इंजीनियर की आँखें भी क्षण-भर को चौंधिया गईं। संगमरमर के दो विशाल हाथी, अपनी भव्य सूँड़ों में गृहस्वामी के नाम से अंकित पाटी को थामे थे, चौकोर टुकड़े पर खुदा था—'श्री कृष्णचन्द्र तिवारी'। अचानक गिरीश को अपनी अल्पज्ञता का भास हुआ, क्यों वह अपने पिता के कहने में बहक गया? किसी होटल में भी तो रहने की व्यवस्था हो सकती थी। उसके ताऊ के लड़के राजेन्द्र ने उसे आगाह भी कर दिया था, 'बच के रहना यार, बड़े घाघ हैं तिवारीजी। मेरा साला विलायत से लौटा और हिन्दुस्तान मोटर में ही नौकरी लगी। ऐसा जाल फैलाया कि तीसरे ही महीने अपनी लँगड़ी बदसूरत बेटी उसके पल्ले बाँध दी। पर गिरीश था एक ही सूँस, कैनेडा, मौन्टरील, फ्रांस में एक से एक सुन्दरियों के कटाक्षों को उसने आसानी से काँटों की तरह निकालकर फेंक दिया था। फिर चितरंजन से उसे तीन ही माह की तो ट्रेनिंग लेनी थी। तिवारीजी उसके पिता के बाल्यकाल के सखा थे। कई वर्ष पूर्व वे अपनी जन्मभूमि की ममता त्यागकर कलकत्ता में ही बस गए थे। केवल हाईस्कूल पास होने पर भी आज वे कलकत्ता के यशस्वी व्यावसायियों में से एक थे। उनकी कुशाग्र व्यवसायी बुद्धि ने भाग्यलक्ष्मी को मुग्ध कर लिया था। वे अब भूल चुके थे कि उनके पिता कभी फटी धोती का कछौटा कस, कान पर जनेऊ चढ़ा, हाथ में पिचकी लुटिया लेकर दिशा-जंगल जाया करते थे। अब उनके स्नानागारों का दर्पण-सा चमकता फर्श, दूध से धुला लगता था। बड़े-बड़े संगमरमर के चौबच्चों में गुलाब की पंखुड़ियाँ मसलकर उनकी दस-दस महिमामयी राजकन्याएँ नहाती थीं। 'डौज', 'फियेट'

और 'ब्यूक' के अलावा उनके द्वार पर चार घोड़ों जुती एक चमकती विक्टोरिया भी खड़ी रहती थी। उस पर नीली लेस लगे जालीदार पर्दे लटकाकर, तिवारी-गृहिणी राजमहिषी का-सा शृंगार कर, संध्या को नित्य सैर करने जाती थीं, क्योंकि पेट्रोल के धुएँ से उन्हें सख़्त नफरत थी। लक्षाधिपति तिवारीजी के हृदय में एक शल्य नियति ने चुभो ही दिया, कुमाऊँ के बिड़ला नाम से विख्यात, लक्ष्मी के दुलारे पुत्र के सुख के कोष का एक भाग एकदम ही रिक्त था। उनके कोई पुत्र नहीं था। प्रत्येक वर्ष बिटियाओं का एक जोड़ा, कबूतरियों-सा उनके मोतीपुरे चौक में गुटुरगूँ करने लगता। असंख्य मनौतियाँ मनाकर भी पाँचवें वर्ष एक जोड़ी पुत्रियाँ और हुईं और इस प्रकार वे पूरी दस पुत्रियों के पिता बन गए। किन्तु अपने अपार वैभव का चुग्गा फेंकते ही, उन्होंने एक से एक बड़े ओहदों पर नियुक्त दामादों को जकड़ लिया था। आठों पुत्रियों के घोर कृष्ण वर्ण, मोटी फैली नाक, यहाँ तक कि आठवीं कृष्णा और कावेरी के ग्रहण के पैरों पर भी उनके आई. ए. एस. और इंजीनियर जामाताओं को आपत्ति नहीं रही थी। दहेज के भार से वे जामाताओं की गर्दन ही दबाकर रख देते थे। सिर उठाकर नई पत्नी के दोष और गुणों को परखने का फिर उन्हें समय ही नहीं रहता। किन्तु गिरीश को उनकी दो पुत्रियों के नयन-नक्श से कुछ लेना-देना नहीं था। वह नया-नया इंजीनियर बनकर विदेश-यात्रा से लौटा था। किसी को भी उसकी-सी सरल आदतों के संयमशील मेहमान को अपने यहाँ रखने में विशेष कष्ट नहीं होगा, यही सोचकर वह अपने को मार्ग-भर सांत्वना देता आया था। विदेश से ताज़े लौटे प्रत्येक भारतीय की भाँति वह केवल कच्चा सलाद और उबला भोजन खाता था। अपनी नॉयलान की, इस्तिरी के बवाल से परे, कमीज़ों को स्वयं पाँच मिनट में धोकर सुखा लेता था। न उसे सिगरेट का चस्का था, न शराब से लगाव। अपने साथ वह एक बिजली की केतली भी रखता था, जिससे सुबह-सुबह उसे चाय के लिए किसी को कष्ट देना ही न पड़े। उसे जब कलकत्ता जाने का आदेश मिला, तो उसके पिता ने कहा था—

"अरे, अपने किशनिया के रहते तुम्हें कहीं रहने की क्या चिन्ता! हजार हो, है तो अपने ही गाँव का। फिर मैंने ही हिसाब के पर्चे से नकल करवा के उसे हाईस्कूल पास करवा दिया था। इस अहसास को वह कभी नहीं भूलता। तुम्हें बड़े प्रेम से रखेगा।"

सचमुच ही उनका अत्यन्त आग्रहपूर्ण पत्र आ गया और गिरीश कलकत्ता

आ गया। स्टेशन पर चमचमाती वर्दी पहने उनका ड्राइवर उसे कार में लिवाने आया था। अपने विदेश से लाए ग्लास-फाइबर के नीले सूटकेस की चमक से, उसने छोटे-से अल्मोड़ा की सरल आत्मीय स्वजनों की भीड़ को चौंधिया दिया था, पर आज बड़ी झिझक से ही उसने उस सूटकेस को ड्राइवर को थमाया। ड्राइवर के कोट पर तिवारीजी का सुनहरा 'मोनोग्राम' चमक रहा था। बड़ी हेय दृष्टि से उसने सूटकेस के साथ की पोटली को उठाया। गिरीश बेचारा कटकर रह गया। सूटकेस साढ़े तीन सौ का था और बड़े से बड़ा कलापारखी भी उसमें कोई दोष नहीं निकाल सकता था। किन्तु ठीक चलते समय उसके पिता ने एक पोटली में पहाड़ी दालें और तीव्र सुगंध का पहाड़ी मसाला 'जम्बू' अपने बाल्यसखा के लिए बाँध दिया था। सुदामा की स्नेहपगी पोटली को बेचारा गिरीश फेंक भी नहीं सका, पर उससे सूटकेस का पूरा व्यक्तित्व मिट्टी में मिल गया। बढ़िया ट्वीड का कोट पहनाकर जैसे किसी ने उसके सिर पर लाल गमछा बाँध दिया हो। तिवारीजी के प्रवेशद्वार से होकर वह भीतर गया, एक माली मेहँदी की बाड़ को पानी से तर कर रहा था और भीगी मेहँदी की खुशबू से पूरी कोठी सुवासित हो रही थी। लम्बी गैलरी से लेकर दीवानखाने के कमरे तक दीवारों की शोभा देखते ही बनती थी। लगता था किसी आधुनिक कला-प्रदर्शनी का एक सजा-सजाया कक्ष हो। कहीं-कहीं पर सिर कटी नारी की आधुनिक क्यूबिज्म में ढली मूर्ति खड़ी थी। कहीं पिकासो के वृद्ध चित्र थे और कहीं नागफनी के कँटीले पौधों को ग्वालियर के गमलों में सजाकर बिखेर दिया गया था। बड़ी लम्बी दूरी पार कर उसे एक गोल कमरे में बिठाकर ड्राइवर बोला, "आप बैठिए, मैं रानीजी को बुला लाता हूँ।"

ओह, रानीजी! बेचारा गिरीश बुरी तरह सहम गया। सुदामा पोटली को सूटकेस की आड़ में छिपाकर उसने इधर-इधर देखा। कालीनों के सोफियाने रंग से मेल खाते भारी-भारी पर्दे थे। वायलिन के आकार के सोफे थे। और हर रंग की रेशमी गद्दियों के रंगों की भीड़ में देखने वाला डूबकर रह जाता था।

"आओ, बेटा! अरे, अरे, पैर क्यों छूते हो! अब कौन यह सब मानता है! तुम्हारे चाचा आज चेम्बर ऑफ कॉमर्स की मीटिंग में गए हैं। आते ही होंगे।"

शहद की चाशनी में डूबे स्वर की मिठास ने गिरीश को बाँध लिया।

"आओ बेटा, तुम्हारे लिए मैंने चाय तुम्हारे ही कमरे में मँगवा ली है, वहीं चलें।"

कई कमरों को पार कर वे उसे एक गोल कमरे में ले गईं। स्वच्छ कमरे में एक पलंग बिछा था और छोटी मेज़ पर ट्रे धरी थी। "बैठो बेटा, मैं चाय बनाती हूँ।" कहकर वे अपने गोल-गोल हाथों से चाय बनाने लगीं।

"आह, कितनी खुशी होती है, अपने देश का कोई पंछी भी दिख जाए तो! तीस साल से इस मरी कलकतिया में ऐसे फँसे कि पहाड़ों को देखने को आँखें तरस गईं। क्यों बेटा, अब तो बदल गया है पहाड़?"

"जी हाँ।" गिरीश ने कहा, "थोड़ा-बहुत बदला ही है।"

"हाँ, सो तो है ही। हम कितना भी बदलें, कहलाएँगे तो पहाड़ी ही। क्या करूँ, बेटा हमें तो तब भी अपनी भाषा आवे है, पर इन छोरियों को न आवे है पहाड़ी मुलुक के रीति-रिवाज! मरी एकदम बंगालनें बन गई हैं। इसी से जब पहाड़ में ब्याह होता है, तो मरियों की देह चार ही महीने में सूख के सोंठ बनी जावे है। सब तो पार लग गईं, अब तिप्पी-दिप्पी ही का आखिरी जोड़ा बचा है।"

तिवारीजी की पत्नी ने ऐसे लहजे में कहा, जैसे जूते की किसी नामी दुकान का चतुर सेल्समैन अपनी दामी जूतियों की अन्तिम जोड़ी दिखाकर कह रहा हो कि खरीद लो नहीं तो यह भी बिक जाएगी।

"यह मेरी चौथी जोड़ी लड़कियों की स्टडी थी, बेटा।" एक लम्बी साँस खींचकर उन्होंने गिरीश के कमरे को देखकर कहा—"यह कृष्णा की बनाई 'कश्मीर की उर्वशी' का पेंटिंग देख रहे हो न? तरुण कलाकर संघ के दल को लेकर रूस भी गई थी मेरी किसना। और यह रहा कावेरी का तानपूरा! कैसे शौक से गाना सिखाया था, सब मिट्टी हो गया। एक का ब्याह हुआ अल्मोड़ा, दूसरी का रानीखेत! निगोड़े कुमय्यों के बीच बड़ी-मुंगोरी तोड़ने ही में पक्की पहाड़नें बन गईं। लो, तुम्हारे चाचाजी भी आ गए।"

कार रुकी और गिरीश के तटस्थ होने से पूर्व ही तिवारीजी स्वयं उसके कमरे में घुस आए—"आ गए बेटा, मैं तुम्हें लाखों की भीड़ में भी पहचान लेता, हूबहू अपने पिता का नक्शा है।"

कहकर उन्होंने गिरीश को बाँहों में भर लिया। "चलो, पहले खाना खा लें, एक बज गया है।" कहकर वे उसे खाने के कमरे की ओर ऐसी आत्मीयता से गलबहियाँ देकर ले चले, जैसे पुराने हमउम्र साथी हों। मेज़ पर बड़े-बड़े

चाँदी के थालों में फूली-फूली पूड़ी-कचौरियों के बीच चमकती कटोरियों से व्यंजनों की मदमस्त सुगन्ध उठ रही है। तिवारीजी की पत्नी की रसीली बातों का क्रम चलता जा रहा था—"यह अचार लो बेटा, मेरी किसना ने डाला था। वह पापड़ मारवाड़ी रिलीफ सोसाइटी से बनवाए हैं। अरे, रायता नहीं लोगे? वाह भाई, कैसे पहाड़ी हो! हाय, मैं मर गई! दो ही पूड़ियों में अघा गए! बहादुर, साहब को बर्फ डला पानी दो। रामसिंह, गरम कचौड़ी लाना इकठो। श्यामसिंह, गिलौरियाँ 'फ्रिज' में रख दो।"

तिवारी-दम्पति के स्नेह और स्वादिष्ट व्यंजनों की बाढ़ में गिरीश डुबकियाँ खाने लगा। तिवारीजी का आतिथ्य नहीं, बाबर की कुशल तुलगमा रणनीति थी। चारों ओर से निरीह इंजीनियर को घेरकर उन्होंने अन्तिम बारूद का गोला फेंका—"आओ तिप्पी-दिप्पी, ये हैं मेरी सबसे छोटी पुत्रियाँ और यह है मेरे एक बहुत प्यारे दोस्त का बहुत प्यारा-सा बेटा।" हाथ का ग्रास छोड़कर गिरीश विनयपूर्वक अभ्यर्थना के लिए उठने लगा, तो तिवारीजी ने हाथ खींचकर बिठा दिया।

"डोन्ट बी फॉरमल। घर में कैसा तकल्लुफ! तिप्पी, दिप्पी, यहीं बैठ जाओ, बेटी।" कहकर उन्होंने गिरीश के सामने ही दोनों को बिठा दिया। एक बार ही देखा गिरीश ने, ऐसा सुघड़ नयन-नक्श पहाड़ में कम ही दीखता है। गौरवर्ण तो कुमाऊँवासियों का जन्मसिद्ध अधिकार है, किन्तु बड़ी-बड़ी कटावदार आँखें, पतली-सुघड़ नासिका के नीचे फड़कते अधर, प्रत्यंचा-सी भँवों में कामदेव का धनु ही साकार हो उठा था। सबसे अधिक आश्चर्य कि दोनों की हँसी की छटा भी एक ही सी थी। एक ही रंग की गुलाबी साड़ी में दोनों उसे ऐसी लगीं, जैसे खिलते गुलाब की दो एक-सी पंखुड़ियाँ हों। नाम था तृप्ति और दीप्ति। ठीक कहा था उनकी माँ ने, नाम हीं नहीं, उनके तरल दृगंचल, एलोकेशी जूड़े और ताँत की साड़ियों की बँधी भाँज तक में बंगभूमि की स्पष्ट छाप थी।

इन्हें इनके माता-पिता भी कैसे पहचानते होंगे! वह सोच रहा था— धीरे-धीरे स्वयं उसकी समझ में आ गया। तिप्पी-दिप्पी के अभिन्न व्यक्तित्व में भी विधाता ने हल्की-सी पहचान बना दी थी। दोनों की पलकें रेशमी और नुकीली थीं। दोनों के प्रशस्त ललाट की गठन एक थी। गोल ठुड्डी की बनावट में भी आश्चर्यजनक साम्य था, किन्तु एक की ठुड्डी पर एक हल्का-सा काला तिल था और वही थी तिप्पी। एक पहचान और थी, दिप्पी एक मिनट

भी स्थिर होकर नहीं बैठ सकती थी। कभी वह लपककर फिर से फूलदान ही लगाने बैठ जाती, कभी सुपारी की तश्तरी से झपट्टा मारकर मुट्ठी-भर सौंफ ही फाँक लेती। तिप्पी थी चुपचाप, उसका अलस सौन्दर्य एक सुनहरे चौखट में मढ़े सुन्दर चित्र की भाँति निर्जीव था। उसकी लम्बी-लम्बी अँगुलियाँ प्रायः उसकी लटों से खेलतीं और किसी दार्शनिक-सी रहस्यमयी डूबी निगाहों से वह कभी खिड़की से देखती रहती, कभी अलसाई पालतू बिल्ली-सी सोफे पर पड़ी पुस्तकें ही पढ़ती रहती।

गिरीश को आए एक माह बीत चुका था, पर कभी वह दोनों जुड़वाँ बहनों के एक-से व्यक्तित्व की भूलभुलैया में भटककर रह जाता, कभी घबराकर तिप्पी कह देता और वह लज्जा से लाल पड़ जाती। इसी लाली से वह उसे पहचान लेता। मुखरा दिप्पी अकारण ही कभी उसे कॉफी देने के बहाने, कभी अखबार लेने उसके कमरे में आ जाती, किन्तु तिप्पी आँचल बचाकर, उससे ऐसे बच-बचकर छिटक जाती, जैसे उनके गृह में आया वह पाहुना, विष का बुझा तीर हो। उसका यही लाजभीना सौन्दर्य न जाने कब गिरीश को बाँध गया।

एक दिन न जाने कैसे, उससे सदा कन्नी काट जाने वाली तिप्पी ही कॉफी की प्याला लेकर उसके कमरे में आ खड़ी हुई। फागुन का महीना था, हवा के हर झोंके में अबीर और गुलाल की रंगीनी थी। गिरीश ने देखा, तिप्पी की सलज्ज दृष्टि में प्रेम का दिव्य प्रकाश था, जैसे कह रही हो—'मैं सदा से तुम्हारी ही हूँ। तुम्हारी ही रहूँगी।' प्याला थामकर गिरीश ने उसकी मृणाल बाहुओं को घेर लिया। पत्ते-सी काँपती वह क्षण-भर उसकी बाँहों में सिमटकर खो गई, फिर एक झटके से हाथ छुड़ाकर तीर-सी छिटक गई। उसके सुवासित जूड़े का स्पर्श कमरे को घेरकर रह गया। रात को खाने की मेज़ पर उसे देखते ही तिप्पी का चेहरा बीरबहूटी बन गया और सबकी दृष्टि बचाकर उसने गिरीश को सलज्ज दृष्टि से देखकर फिर सिर झुका लिया।

एक दिन उठते ही चाची ने कहा—"निगोड़ी दोनों को खसरा निकल आया है, इनका बचपन से ही यही हाल रहा। एक बीमार पड़ी तो दूसरी ने भी खाट पकड़ी।"

पन्द्रह दिन बाद, दोनों को खाने की मेज़ पर देखकर गिरीश अवाक् रह गया। किसी के चेहरे पर भी तिल नहीं था।

"देखो तो माया भगवान की बेटा, ठुड्डी का तिल भी खसरे ने साफ

कर दिया, अब मरियों का कन्यादान भी देख-भालकर करना होगा। अब तू ही पहचान तो कौन है तिप्पी और कौन है दिप्पी?"

गिरीश ने आँखें उठाईं और एक चेहरा लाल पड़कर रह गया।

"ये तो हैं तिप्पी।" लाल चेहरे की ओर देखकर वह बोला।

"वाह बेटा, खूब पहचाना। यह तो दिप्पी है।"

वे हँसकर बोलीं पर गिरीश सोच में पड़ गया। उसे देखकर तो तिप्पी ही लाल पड़ती थी।

और एक दिन वह इससे भी बड़ी भूल कर बैठा। तिवारी-परिवार के रसीले आत्मीय वातावरण में सुदीर्घ तीन माह दिन की तेज़ी से बीत गए। बड़े अनमने चित्त से वह सामान बाँध रहा था। शाम की गाड़ी से उसे दुर्गापुर की नई नियुक्ति पर जाना था।

"ओहो, सामान बँध भी गया।"

बड़ी आत्यीमता से तिवारीजी ने उसके कन्धे पर हाथ रखा।

"देखो बेटा, तुमसे कुछ कहने आया हूँ। तुम्हारे पिता का मेरे पास एक पत्र आया है। अब तुमसे क्या छिपाऊँ, मैंने ही उन्हें एक पत्र लिखा था कि उन्हें यदि आपत्ति न हो तो उनके इस अनमोल हीरे को मैं चुराकर गाँठ में बाँध लूँ।"

फिर अपनी रसिकता से वे स्वयं ही हो-हो कर हँस उठे—तरुण इंजीनियर का हृदय धक-धक करने लगा।

"मेरी दो पुत्रियाँ हैं, तृप्ति और दीप्ति। तुम आज जा रहे हो, तुम्हारी चाची ने आज कुछ लोगों को चाय पर बुला लिया है। उसी घरेलू चाय-पानी के बीच आज शुभ उत्सव का श्रीगणेश कर लेंगे। यह अँगूठी भी तुम्हारे पिता ने भेज दी है जिसे चाहो, आज अँगूठी तुम्हें पहनानी ही होगी। अच्छा, तैयार तो हो गए हो, चलो ड्राइंगरूम में ही बैठें।"

प्रायः घसीटकर ही तिवारीजी उसे ले गए, फिर पलक मारते ही सब कुछ हो गया। श्री और श्रीमती फुरशेदजी टाटा थे, विशाल देह को चमकती शेरवानी की परिधि में घेरे गोयनका थे, और भी ना जाने कितने लोग बड़ी उत्सुकता से उसे देख रहे थे। दोनों बहनें सिर झुकाए एक ही सोफे पर बैठी थीं। बीच में साँस रोके चाची थीं, जैसे उन्हें भय हो रहा था कि कहीं उनके बोलने से भी उनकी पुत्रियों के आधुनिक स्वयंवर की मौलिकता नष्ट न हो जाए।

एक बार विवश दृष्टि से गिरीश ने देखा, दमयन्ती के स्वयंवर में खड़े देवताओं की छलना से भी अधिक दुरूह, यह कैसी भयंकर छलना थी! कितना पागल था वह, तिवारीजी से समय भी माँग सकता था, चाची से कह तो सकता था कि वह तिप्पी को स्वयं ही अँगूठी पहना दें; किन्तु कहते हैं कि मनुष्य के जन्म से पूर्व ही उसके जन्म-मरण और विवाह का लेखा बन जाता है। दुर्भाग्य से गिरीश के जीवन के लेखे में भूल से दिप्पी का ही नाम लिख गया था। न जाने कब उसने एक अँगूठी पहना दी।

''कहती थी न मैं आपसे!'' इतनी देर तक चाची की वाणी का बँधा संयम टूट गया। ''ब्याह मेरी दिप्पी का ही होगा, तिप्पी तो मेरी विलायत जाएगी पढ़ने।''

गिरीश स्तब्ध होकर बैठा ही रहा। सदा उसे देखते ही गुलाबी पड़ जाने वाला चेहरा एकदम सफेद था। लोग उसे बधाइयाँ दे रहे थे, फ्लैश के कैमरे फटाफट तसवीरें खींच रहे थे, किन्तु उसे उस साँझ की याद आ रही थी, जब सहसा यौवन की आनन्दमयी तरंगों से उसका तरुण हृदय क्षण-भर को आन्दोलित हो उठा और कमरे के अस्पष्ट आलोक में भी उसने एक सलोने चेहरे के तिल को पहचान लिया था—आज विधाता ने वही पहचान छीनकर उससे यह कैसा परिहास कर डाला!

तीसरे ही महीने, बड़ी धूमधाम से उसका विवाह हुआ। बंगाल की शहनाई की करुण गूँज और विदा के गीतों के उदास थपेड़ों के तले 'तिवारी-मैंशन' सिसकियाँ ले रहा था। नई दुल्हन अपने आठों जीजा और जीजियों की जोड़ियों से विदा ले चुकी थी।

"हाय, मेरी तिप्पी कहाँ गई, चार दिन से बिना खाए-पिए पड़ी है।"

तिवारीजी की पत्नी का स्वर आया—"जन्म से भी तो बहनें कभी नहीं बिछुड़ीं।"

गिरीश का समस्त उल्लास कपूर-सा उड़ गया। उसकी आँखें द्वार पर ही लगी रहीं। अचानक पैरों की आहट से उसने चौंककर देखा। सूजी आँखें और उलझी-बिखेरी लटें बिखरे, तिप्पी न जाने कब बहन के पास आकर खड़ी हो गई थी।

"अरे, यह माथे पर घाव कैसे हो गया?" गिरीश ने देखते ही कहा।

सचमुच भव्य ललाट की निर्दोष गढ़न में, एक तिरछे घाव का निशान था।

"पिछले महीने रिक्शा से गिर गई थी मरी, तिल गया तो भगवान ने दूसरी पहचान बना दी। अब इस पहचान का क्या होगा, एक तो जा रही है।"

कहकर तिवारीजी की पत्नी विदा होती कन्या को देखकर फिर सिसकने लगीं। सब सिसक रहे थे। केवल तिप्पी ही प्रस्तर मूर्ति-सी अचल खड़ी थी। काश यह घाव पहले बना होता, सोच रहा था गिरीश! अलौकिक तेज और सौन्दर्य की कान्ति से दीप्त, तिप्पी ने एक बार भी दृष्टि नहीं उठाई, बोझिल, रेशमी पलकों की चिलमन उठाकर गिरीश देख नहीं सका—न जाने उन बड़ी-बड़ी आँखों में उपालम्भ था या क्षमा!

सती

गाड़ी ठसाठस भरी थी, स्टेशन पर तीर्थयात्रियों का उफान-सा उमड़ रहा था। एक तो माघ की पुण्यतिथि में अर्थ-कुम्भी का मेला, उस पर प्रयाग का स्टेशन। मैंने रिज़र्वेशन स्लिप में अपना नाम ढूँढ़ा और बड़ी तसल्ली से अन्य तीन नामों की सूची देखी। चलिए तीनों महिलाएँ ही थीं, पुरुष सहयात्रियों के नासिका-गर्जन से तो छुट्टी मिली। दो महिलाएँ आ चुकी थीं, एक जैसाकि मैंने नाम से ही अनुमान लगा लिया था, महाराष्ट्री थीं और दूसरी पंजाबी। तीसरी मैं थी और चौथी अभी आई नहीं थीं। मैं एक ही दिन के लिए बाहर जा रही थी, इसी से एक छोटा बटुआ ही साथ में था। आसपास बिखरे, दोनों महिलाओं के भारी-भरकम सूटकेस, स्टील के बक्स और मेरुपर्वत-से ऊँचे ठसे-कसे होल्डाल देखकर मैंने अपने को बहुत हल्का-फुल्का अनुभव किया। वैसे भी मैं सोचती हूँ, बक्स-होल्डालहीन यात्रा में जो सुख है, वह अन्य किसी में नहीं। चटपट चढ़े और खटपट उतर गए। न कुलियों की हथेली पर धरे द्रव्य को अवज्ञापूर्ण दृष्टि से देखकर 'ये क्या दे रही हैं साहब' सुनने का भय, न सहयात्रियों के उपालम्भ की चिन्ता! मेरे साथ की महाराष्ट्री महिला ने अपने बृहदाकार स्टील के बक्स एक के ऊपर एक चुनकर पिरामिड-से सजा दिए थे, लगता था वे प्रत्येक वस्तु के लिए स्थान और प्रत्येक स्थान के लिए वस्तु की उपादेयता में विश्वास रखती थीं। वे स्वयं, बड़ी तल्लीन थीं। दूसरी पंजाबी महिला के पास एक सूटकेस, टोकरी और बिस्तरा ही था, पर तीनों बेतरतीबी से बिखड़े पड़े थे। उनका एक सुराहीदान, जिसकी एक टाँग, अधिकांश सुराहीदानों की भाँति कुछ छोटी थी, बार-बार लुढ़ककर उनको परेशान किए जा रहा था। वे बेचारी चश्मा उतारकर रखतीं, हाथ की जासूसी अंग्रेज़ी पुस्तक, जिसे पढ़ने में उन्हें पर्याप्त रस आ रहा था,

औंधी कर बर्थ पर टिकातीं, झुँझलाकर सुराहीदान ठिकाने से लगाकर जैसे ही हाथ की पुस्तक में रस की डुबकी लगातीं कि सुराहीदान फिर लुढ़क जाता। मुझे उनकी उलझन देखकर बड़ी हँसी आ रही थी। वैसे मैं उनकी परेशानी काफी हद तक दूर कर सकती थी, क्योंकि सुराहीदान मेरे पास ही धरा था। मैं उसकी लँगड़ी टाँग को अपनी बर्थ से टिकाकर लुढ़कने से रोक सकती थी। पर सुराही को ऐसी बेतुकी काठ की सवारी में साथ लेकर चलनेवालों से मुझे कभी सहानुभूति नहीं रहती। पंजाबी महिला सम्भवतः किसी मीटिंग में भाग लेने जा रही थीं, क्योंकि उनके साथ एक मोटी-सी फाइल भी चल रही थी, जिसे खोल वे बीच-बीच में हिल-हिलकर कुछ आँकड़ों को पहाड़ों की भाँति रटने लगतीं, और फिर बन्द कर उपन्यास पढ़ने लगतीं। उनकी सलवार, कमीज, दुपट्टा, यहाँ तक कि रूमाल भी खद्दर का था और शायद उसी के संघर्ष से उनकी लाल नाक का सिरा और भी अबीरी लग रहा था। उनके चेहरे पर रौब था, किन्तु लावण्य नहीं। रंग गोरा था, किन्तु खाल में हाथ की बुनी खादी का-सा ही खुरदरापन था। ठुड्डी पर एक बड़े-से तिल पर दो-तीन लम्बे बाल लटक रहे थे, जिन्हें वे अँगुली में लपेटती छल्ले-सा घुमा रही थीं। या वे प्रौढ़ा कुमारी थीं, या फिर विधवा, क्योंकि चेहरे पर एक अजीब रीतापन था, जीवन के उल्लास की एक-आध रेखा मुझे ढूँढ़ने से भी नहीं मिली। जासूसी पुस्तक को थामने वाले उनके हाथों की बनावट मर्दानी और पकड़ मज़बूत थी। ये वे हाथ नहीं हो सकते, मैं मन में सोच रही थी, जो बच्चों को मीठी लोरी की थपकनें देकर सुलाते हैं, पति की कमीज़ में बटन टाँकते हैं या चिमटा-सँड़सी पकड़ते हैं। ये वे हाथ नहीं हैं जिनकी हस्तरेखाओं को उनकी कर्मरेखाएँ धूल-कालिख की दरारों से मलिन कर देती हैं।

मेरा अनुमान ठीक था, स्वयं ही उन्होंने अपना परिचय दे दिया। वे पंजाब के एक विस्थापित स्त्रियों के लिए बनाए गए आश्रम की संचालिका थीं। हाल ही में विदेश से लौटी थीं और लखनऊ की किसी समाज-कल्याण गोष्ठी में भाग लेने जा रही थीं। समाज-सेविकाओं में उनका नाम अग्रणी था।

महाराष्ट्री महिला के परिचय का कोई प्रश्न ही नहीं उठता था। उस स्वल्पभाषिणी सुन्दरी प्रौढ़ा ने हममें से किसी को भी, मैत्री का हाथ बढ़ाकर प्रोत्साहित नहीं किया। हाथ की मराठी पत्रिका को पढ़ती वे कभी स्वयं ही मुस्कराती जा रही थीं और कभी गहरी उदासी से गर्दन मोड़ ले रही थीं।

स्पष्ट था कि किसी कुशल मराठी कथा-लेखक की सिद्ध कलम का जादू उन्हें कठपुतली-सा नचा रहा था। वे हमारे डिब्बे में होकर भी नहीं थीं। उनके गोरे रंग पर उनकी लाल शोलापुरी साड़ी लपटें-सी मार रही थी। गोल परिपाटी से बाँधा गया जूड़ा, एड़ी-चुम्बी केशराशि के मूलधन का परिचय दे रहा था। कानों में सात मोतियों के वर्तुलाकर कर्णफूल थे और गले में था दुहरी लड़ का मंगलसूत्र, जिसे वे अभ्यासवश बार-बार दाँतों में दबा ले रही थीं। उनके सामान पर, सम्भवतः उनके पति के नाम का लेबल लगा था—मेजर जनरल वनोलकर, और वे वास्तव में थीं भी मेजर जनरल की ही पत्नी होने के योग्य। पूरे चेहरे में, दोनों आँखें ही सबसे ज्वलन्त आभूषण थीं। वे कुछ भी नहीं बोल रही थीं, पर वे बड़ी-बड़ी आँखें निरन्तर हँसती-मुस्कराती, परिचय देतीं, मज़ाक उड़ाती जा रही थीं। कभी वे मुझे देखतीं, कभी उस पंजाबी महिला को, पर आँखें चार होते ही बड़ी अवज्ञा से दृष्टि फेर, मंगलसूत्र दाँतों में दबा पत्रिका पढ़ने लगतीं।

गाड़ी ने सीटी दी और ठीक इसी समय, हमारे साथ की चौथी महिला ने डिब्बे में प्रवेश किया। गाड़ी मानो उन्हीं के लिए रुकी थी, डाँट-डपट की फुफकारें छोड़ती गाड़ी चली और उसी धक्के के साथ वे महिला, फद्द से सीट पर लुढ़क पड़ीं। उनके हाथ में बेंत की बनी एक छोटी-सी टोकरी थी और काँख में चौकोर बटुआ दबा था। "ओफ़! लगता था गाड़ी छूट ही जाएगी। बाप रे बाप, कैसी दौड़ लगानी पड़ी!" मैं उन्हें देखती ही रह गई, समाज-सेविका ने जासूसी उपन्यास बन्द कर दिया, मराठी मोनालिसा ने चश्मा उतारकर हाथ में लिया और बैठ गई।

हम तीनों की ही दृष्टि उस चौथी पर आबद्ध हो गई। दोष हमारा नहीं था, वह चीज़ ही देखने लायक थी।

हमारा घूरना उन्होंने भाँप लिया था, "केम बेन, बहुत लम्बी हूँ न मैं।" वह हँसी, "छह फीट साढ़े दस इंच टु बी एक्ज़ैक्ट, शायद भारत की सबसे लम्बी नारी! चलिए, यह अच्छा है कि इस डब्बे में आज हम चारों महिलाएँ ही हैं, नहीं तो मुए पुरुष भी मुझे घूरते।" फिर वे दनादन हमारा इंटरव्यू लेने लगीं। पहला प्रहार मुझ पर ही हुआ। समाज-सेविका ने ठक-ठक कर दो-तीन रूखे उत्तरों के चाँटे धर दिए।

महाराष्ट्री महिला ने 'हिन्दी नहीं जानता' कह पीठ फेर ली, तो उस महिला ने त्रुटिहीन अंग्रेज़ी का धाराप्रवाह भाषण झाड़ दिया, "मुझे मदालसा

कहते हैं, मदालसा सिंघाड़िया। कल ही प्रिटोरिया से आई हूँ, अपने पति की मृत देह लेने।" मैं चौंक गई। समाज-सेविका ने अपने रूखे व्यवहार पर लज्जित होकर, चट आगे बढ़ उसके दोनों हाथ थाम लिये, "अरे राम-राम कोई दुर्घटना हो गई थी क्या?" उन्होंने बड़े दर्द से पूछा।

मदालसा की वेशभूषा में सद्यःवैधव्य का कहीं कोई चिह्न नहीं था। वे लम्बी होने पर भी पठानिन-से गठे-कसे शरीर की लावण्यमयी गतयौवना थीं। उनके बाल किसी दामी सैलून में कटे-सँवरे लग रहे थे। अपनी धानी रेशमी साड़ी को वे हाफ-पैंट की भाँति ऊपर चढ़ा, दोनों पैरों की पालथी मार, आराम से जम गईं।

"असल में पिछले वर्ष, एक पर्वतारोही दल के साथ मेरे पति भारत आए थे, वहीं एक एवलैंश (तूफान) के नीचे दबकर उनकी मृत्यु हो गई।"

"च्च च्च च्च, तो क्या मृत देह अब मिली?" मैंने पूछा।

"हाँ, भारत सरकार ने मुझे सूचित किया, तो भागती आई। बर्फ में दबी देह, सुना ज्यों की ज्यों मिली है। मेरे बुने स्वेटर का, जिसे उन्होंने पहना था, एक फन्दा भी नहीं टूटा।"

मृत पति की स्मृति ने उन्हें भाव-विभोर कर दिया। बटुए से मर्दाना रूमाल निकाल, वे कभी आँखें पोंछने लगीं, कभी अपनी सूर्पनखा-सी लम्बी नाक। बेचारी करती भी क्या! कोई भी ज़नाना रूमाल उस नाक का अस्तित्व नहीं सँभाल सकता था।

अचानक हम तीनों को, बेचारी मदालसा का एक वर्ष पुराना वैधव्य, एकदम ताज़ा लगने लगा।

"तो क्या अब आप अपने 'हसबैंड' का 'डैड बॉडी' लेकर प्रिटोरिया 'फ्लाई' करेगा? महाराष्ट्री ने पूछा।

"नहीं, बेन!" मदालसा सीट पर लेट गईं, तो लगा एक लम्बे खजूर का कटा पेड़ ढह गया।

एक लम्बी साँस खींचकर उन्होंने, कहा, "मैं असल में सती होने भारत आई हूँ!" हम तीनों को एकसाथ अपने इस उत्तर का क्लोरोफार्म सुँघा, सती ने एकदम आँखें मूँद लीं, जैसे वह चाह रही थीं कि अब हम उन्हें शान्ति से पड़ी रहने दें।

ऐसा भी भला किसी ने सुना था इस युग में! सुस्पष्ट उच्चारण में अंग्रेज़ी बोलने वाली, छह फीट साढ़े दस इंच की यह काया, कल बर्फ में दबी पति

की एक साल बासी लाश को छाती से लगा, जल-भुनकर राख हो जाएगी।

"नहीं, आपको ऐसी मूर्खता करने का कोई अधिकार नहीं है। यह एक अपराध है, क्या आप यह नहीं जानतीं?" खादीधारी महिला उठकर मदालसा के सिरहाने बैठीं, ऐसे गम्भीर भाषण की गोलाबारी झाड़ने लगीं, जैसे चिता सचमुच प्रज्वलित हो चुकी है और सती लपटों में कूदने को तत्पर है। "भावावेश के दुर्बल क्षणों में नारी कभी बड़ा बचपना कर बैठती है, इसका मुझे व्यापक अनुभव है। अभी हाल में ही मेरे आश्रम की दो युवतियाँ ऐसी मूर्खता कर बैठीं। मुझे ही देखिए, भारत-विभाजन के समय मेरे पति की हत्या कर दी गई, पर मैं क्या सती हो गई? सिली सेंटिमेंट! यदि मैं भी उस दिन आपकी भाँति सती हो जाती तो आज यह देह दीन-दुखियों के काम आ सकती थी? पहले मॉडल जेल की अध्यक्षा रही और अब गिरी बहनों के आश्रम की देख-रेख करती हूँ।"

"ना, बेन, ना।" मदालसा ने करवट बदली, "मैं तो सती होने ही भारत आई हूँ। हाय मेरा नीलरतन, नीलू डार्लिंग!" कह वह फिर मर्दाने रूमाल में मुँह छिपाकर सिसकने लगीं।

"आप चाहें तो मैं आपके साथ चल सकती हूँ, आपके पति के अन्तिम संस्कार में सहायता कर आपको अपने आश्रम में ले चलूँगी।" समाज-सेविका ने अपने उदार प्रस्ताव का चुग्गा डालकर मदालसा को रिझाने की चेष्टा की।

मदालसा बड़ी उदासी से हँसीं, "धन्यवाद बेन, पर ब्रह्म भी अब मुझे अपने निश्चय से नहीं डिगा सकते। यह रोग हमारे खानदान में चला आया है। मेरी परनानी तो राजा राममोहन राय और सर विलियम बेंटिक को भी घिस्सा देकर सती हो गई थीं। और नानीजी के लिए तो लोग कहते हैं कि नानाजी की मृत देह गोद में लेकर चिता में बैठते ही, स्वयं चिता धू-धू कर जल उठी थी। फिर मेरी माँ और अब मैं।...

"खैर, हटाइए भी, पता नहीं किस धुन में आकर आप लोगों से कह गई। 'आई शुड नाट हैव टोल्ड यू' (मुझे आपसे नहीं कहना चाहिए था)। चलिए, हाथ-मुँह धोकर खाना खा लिया जाए। क्यों, क्या खयाल है?" उन्होंने अपनी कदली स्तम्भ-सी जंघाओं पर दोनों हाथों से त्रिताल का टुकड़ा-सा बजाया।

हम तीनों को एक बार फिर आश्चर्य-उदधि में गोता लगाने को छोड़, वे टोकरी से एक स्वच्छ तौलिया, साबुन निकाल गुसलखाने में घुस गईं।

उनके जाते ही हम तीनों परम मैत्री की एक डोर में गुँथ गए।

"अजीब औरत है! क्या आप सोचती हैं यह सचमुच सती होने जा रही है?" मैंने मराठी महिला से पूछा।

"देखिए, मरनेवाला कभी ढिंढोरा पीटकर नहीं मरता।" वह हँसकर बोलीं, "हमको तो इसका स्क्रू ढीला लगता है," उन्होंने अपने माथे की ओर अँगुली घुमाई, "इस जमाने में ऐसे सती-फती कोई नहीं होती।"

"क्षमा कीजिएगा," खादीधारी महिला बड़ी गम्भीरता से बोलीं, "मुझे औरतों का अनुभव आप दोनों से अधिक है। मैं ऐसी भावुक प्रकृति की भोली औरतों को चेहरा देखते ही पहचान लेती हूँ। आँखें नहीं देखीं आपने? कितनी निष्पाप, पवित्र और उदार हैं। मुझे पक्का विश्वास है कि पति की मृत देह देखते ही यह वही मूर्खता कर बैठेगी जिसका यह खुलेआम ऐलान कर रही है। लगता है अपना प्रोग्राम कैंसिल कर, इसके साथ जाकर पुलिस को खबर देनी होगी। तभी इसे बचाया जा सकता है।"

इतने ही में मदालसा, हाथ-मुँह धोकर ताज़ा चेहरा लिए आ गईं। मेलगाड़ी वन, ग्राम, नदी, नाले, पुल कूदती-फाँदती सर्राटे से भागी जा रही थी। मदालसा ने अपनी टोकरी खोलकर नाश्ता निकाल लिया। जैसे खरबूजे को देखकर खरबूजा रंग पकड़ता है, ऐसे ही एक यात्री को खाते देख दूसरे सहयात्री को भी भूख लग आती है। क्षण-भर में सतीप्रथा पर चल रही बहस, कपूर के धुँए की भाँति उड़ गई और चटाचट नाश्तेदान खुलने लगे।

"आइए न, एक साथ बैठकर खाया जाए।" मदालसा ने कहा और बड़े यत्न से, स्वच्छ नैपकिन बिछा, छोटे-छोटे स्टील के कटोरदान सजाने लगीं।

"धन्यवाद!" मैंने कहा, "पर हमारे साथ भी तो खाना है, इसे कौन खाएगा?"

"वाह जी वाह, उसे हम खाएँगी, ईश्वर ने यह छह फीट साढ़े दस इंच दुर्ग आखिर बनाया किसलिए है?" उनकी भुवनमोहिनी हँसी ने हमें पराजित कर दिया। वैसे भी हम तीनों ने, एक-दूसरी को, काक-दृष्टि से, सती के घृत-पकवान्न को, आँखों में घूरते-चखते पकड़ भी लिया था। सुनहरी मोमनदार कचौड़ियाँ थीं, मसालों की गहरी पर्त में डूबी सब्जियाँ थीं, रायता था, चटनी थी—और थे ठाँस-ठाँसकर बाँधे गए, मेवा-जड़े बूँदी के लड्डू! "यह तो सफर का खाना नहीं, अच्छा-खासा विवाह-भोज है," समाज-सेविका की आँखों से लार टपक रही थी, "बड़ा हैवी खाना लेकर चली हैं आप!" उन्होंने कहा और

कचौड़ियों पर टूट पड़ीं।

हम तीनों के पास, भारतीय रेल-यात्रियों के साथ युग-युगान्तर से चली आ रही वही पूरी-तरकारी और आम के अचार की फाँकें थीं। अपना खाना खाया ही किसने! मदालसा के स्वादिष्ट भोजन को चटखारे ले-लेकर हम तीनों से साफ कर दिया, उधर वे अकेली ही हम तीनों के नाश्तेदानों को जीभ से चाट गई थीं। विधाता ने सचमुच ही उनके शरीर के दुर्ग में असीम गोलाबारूद भरने के लिए, अनेक कोष्ठ-प्रकोष्ठों की रचना की थी। महातृप्ति के कई तार और मन्द्र सप्तक के डकार लेकर, हाथ-मुँह धो, मदालसा ने टोकरी में से एक मस्जिद के गुम्बद की आकार का पानदान निकाला।

"यह मेरे नीलू ने मुझे बगदाद से लाकर भेंट किया था। उसे पान बेहद पसन्द थे, इसी से एक ढोली मघई पान और यह पानदान लेकर कल चिता में उतरूँगी।" एक शहीदाना अदा से, हम तीनों को घायल कर उन्होंने केवड़ा, इलायची और मैनपुरी सुपारी से ठसा बीड़ा थमाया।

सती-प्रथा पर फिर ज़ोरदार बहस छिड़ गई—"हाय, मेरे अन्तिम सफर की प्यारी साथिनों, तुम अब हमें नहीं रोक सकतीं," मदालसा लेट गईं और बड़ी सधी आवाज़ में गाने लगीं, 'न जांण्यूँ जानकी नाथे, सवारे शूँ थवानूँ छे' समझीं इसका अर्थ? उन्होंने हँसकर मुझसे पूछा, "जानकीनाथ भी यह नहीं जान सकते थे कि सुबह क्या होगा।"

अब मुझे लगता है, उस गुजराती पद की व्याख्या उन्होंने सम्भवतः हमारे ही हित में की थी! "चलो जी, अब सो जाओ सब, आज इस पृथ्वी पर मेरी यह अन्तिम निन्द्रा है बेन, बहस व्यर्थ है। चलो गुडनाइट और बहुत प्यारे-प्यारे सपने दिखें तुम तीनों को।" सचमुच ही उसकी शुभकामनाओं ने जादू का असर किया। ऐसी नींद तो पहले कभी आई ही नहीं थी। और सपने?

कभी लगता—जगमगाते आभूषणों के ढेर में गोते खा रही हूँ, हीरे के हारों से गर्दन टूटी जा रही है, बाजूबन्द-अँगूठियों के भार से हड्डियाँ खिसकी जा रही हैं। और साड़ियाँ? क्या-क्या रंग है, कैसा चिकना रेशम! साड़ियों के विशाल उदधि में रंगीन कीमती साड़ियों की तरंगें रह-रहकर उठ रही हैं। इससे प्यारे सपने और क्या दीख सकते थे? पर सपनों का अन्त भी समुद्र के ज्वार-भाटे की ही भाँति हुआ—वास्तविकता की अन्तिम तरंग ने पटाक से हम तीनों को धोबी-पछाड़ दी, आँखें खोलीं तो सती गायब थी।

"हाय, मेरा स्टील का बक्स!" मिसेज़ वनोलकर बर्थ से उतरते ही लड़खड़ा

गईं, "उसमें तो मेरे विवाह का जड़ाऊ सेट था। लगता है वह सती की बच्ची हमें कुछ विष खिला गई। सिर फटा जा रहा है।" उनका गला भर्रा गया। हाँ, ठीक ही तो कह रही थीं, मुझे कोई जैसे सावन की झूले की ऊँची-ऊँची पेंगें दे रहा था, पूरा डिब्बा गोल-गोल घूम रहा था। पंखे के चारों ओर बल्ब, बल्ब के चारों ओर छत और छत के इर्द-गिर्द कई रेशमी साड़ियाँ और भारी-भारी आभूषण पहने स्वयं मैं लट्टू-सी घूम रही थी। कभी जी में आ रहा था ज़ोर-ज़ोर से हँसूँ, कभी दहाड़ें मारकर रोने को तड़प रही थी। बहुत पहले एक बार भाभी ने भंग खिलाकर ऐसी ही अवस्था कर दी थी।

सुना गया है कुकुरमुत्तों को पीसकर बनाया गया विष भी ऐसे ही मीठे सपने दिखाता है। उनको खाते ही गहरी नींद आ जाती है, जो कभी-कभी दिनों तक नहीं टूटती।

मीठे सपने दिखा, सजग मनुष्य को अर्द्धविक्षिप्त-सा कर देने वाला अवश्य वही विष होगा। समाज-सेविका दोनों हाथों से सिर थामे बिलख रही थीं, "हाय, मैं तो लुट गई! मेरे सूटकेस में आश्रम का दस हज़ार रुपया था।"

और मैं? सहसा गोल-गोल घूमते रेल के डिब्बों में गोल घूमते मेरे दिमाग ने मुझे सूचित किया, "तुम्हारा बटुआ ले गई है, बटुआ!"

और ले भी क्या जाती! सामान तो कुछ था नहीं, पचपन रुपये और एक फर्स्ट क्लास का वापसी टिकट! सती की चिता में, मैं यही सामान्य-सी घृताहुति दे पाई। चेन खींचकर गाड़ी रोकी गई, सचमुच ही समाज-सेविका को पुलिस को खबर देनी पड़ी, पर सती को बचाने नहीं, पकड़वाने के लिए। वह मिल जाती तो शायद हम तीनों स्वयं उसकी चिता चुनकर उसे झोंक देतीं। पर कहना व्यर्थ है, आज तक पुलिस उस सती मैया के फूल नहीं चुन पाई!

मौसी

लालकुआँ के स्टेशन से, धूमिल पर्वत-श्रेणियों का बिखरा वैभव देखकर मिसेज़ बेदी की आँखें सहसा भर आईं। कितनी प्यारी लग रही थीं वे पहाड़ों की ऊँची-ऊँची चोटियाँ! इन्हीं को देखने वे पूरे पन्द्रह वर्षों से तड़प रही थीं। फक-फक धुआँ छोड़ती दो-दो इंजन जुड़ी रेल उन्हें नैनीताल के जितना ही निकट ला रही थी, उतने ही वेग से उनका कलेजा धक-धक किए जा रहा था। क्या पता, कक्का उसी दिन की तरह चोटी पकड़कर कमरे में पटक दें। पर अब बेचारी चोटी ही कहाँ थी? अपने फर्स्ट-क्लास के कूपे में अकेली ही थीं वे, इसी से ज़ोर से हँस पड़ीं। चटपट उन्होंने कलाई में बँधी घड़ी में समय देखा। ओफ, हलद्वानी आता ही होगा—आईना निकालकर अपने चेहरे पर स्वयं ही तरस आ गया। रास्ते की थकान से पीला-सा चेहरा ज़रा-सा निकल आया था। फेदरकट कटे बालों की रूखी अलकें हवा में उड़कर इधर-उधर बिखर गई थीं। उन्होंने बालों को ब्रुश से सँवारा, सूखे होंठों पर लिपस्टिक फेरा और बिस्तर लपेटने लगीं। असाधारण व्यक्तित्व था मिसेज़ मनमोहन बेदी का। आर्मी क्लब के मेजर जनरल दामले ने उनको नाम दिया था—सोफिया लौरीन। उनका रंग गेहुँआ था किन्तु आँखें थीं गहरी नीली, जिनके लम्बे घने पक्ष्म झुक-झुककर स्वयं ही ऊपर को उठ गए थे। उनके सदा हल्के-से खुले रहने वाले अधरपुटों से झाँकती उनकी अनारदाने-सी दन्तपंक्ति, उनके पतले से चेहरे के पीलेपन को और भी उभार देती। इधर उनकी अवस्था ने उनके सौन्दर्य को और भी अलस बना दिया था। लेडी डॉक्टर ने उन्हें चलते समय बुरी तरह सहमाया था, "हद है मिसेज़ बेदी, इस हालत में इतनी दूर का सफर! कभी भी आपको दर्द उठ सकते हैं। कहाँ फीरोज़पुर और कहाँ नैनीताल!" पर मिसेज़ बेदी सिगरेट का कश खींचती,

मुस्कराती रहीं और उसी शाम अपने भारी-भारी दो सूटकेसों में कपड़े ठूँसकर पहाड़ के लिए चल दी थीं।

चलते समय वे न सास से मिल पाईं, न ससुर से। मिलकर करतीं भी क्या! सास ब्रिज खेलने क्लब गई थीं और ससुर कहीं कॉकटेल पार्टी में थे। उनके ससुराल की हवेली एक बहुत बड़ी सराय ही तो थी, कब कौन आया और कब कौन गया, किसी को पता नहीं रहता। इसी से मिसेज़ बेदी ऐसी अवस्था में भी भागकर निकल आई थीं, जिससे उनकी चौथी सन्तान पर उनके श्वसुर-कुल के पाप की छाया न पड़ पाए। गर्व से मस्तक उठाए हिमालय का साया, उनके अजन्मे शिशु को चूम ले, देवदार और मन्दार के घनद्रुमों की छाया उनके दग्ध हृदय को शन्ति दे। काठगोदाम से वे नैनीताल की बस में बैठीं तो उन्होंने क्लान्त आँखें मूँद लीं। जी में आने लगा कि ताली बजा-बजाकर बच्चों की तरह गाने लगें। बस टूरिस्ट पारसी और बंगालियों से भरी थी, सब पहाड़ देखने एक दूसरे पर गिरे पड़ रहे थे; किन्तु मिसेज़ बेदी दोनों हाथ गोदी में धरे मुग्ध दृष्टि से एक-एक गिरि-शिखर की सुषमा को आँखों ही आँखों में पी रही थीं। एक-एक मोड़ और घुरनी उनकी स्मृति की तहें खोले जा रही थी, नैनीताल आया तो वे चौंक गईं। अस्पताल पहुँचकर उन्होंने सामान लगाया और बरामदे में कुर्सी लगाकर बैठ गईं।

मई का महीना था, नैनीताल अपने पूर्ण यौवन पर था। संध्या होते ही असंख्य डोंगियाँ ताल के शुभ्र नीलाभ जल में तैरने लगीं और जूही-बेला के गजरों की गमक से नैनीताल के ओर-छोर सुवासित हो उठे। मिसेज़ वेदी को लगा कि ताल की ठंडी हवा ने उनके समग्र रोग-शोक क्षण-भर में ही हर लिये थे। एक बार भी उन्हें खाँसी का दौरा नहीं पड़ा—वही खाँसी, जिसे सैनेटोरियम की हवा और दवा भी ठीक नहीं कर पाई थी। ठीक भी कैसे होती, मन का चैन उन्हें था ही कहाँ! मर्द मरीज़ों का पूरा झुंड ही उनके पीछे हाथ धोकर पड़ गया था, यहाँ तक कि स्वयं तरुण डाक्टरों का दल भी बटन होल में पैंजी लगाकर उनके इर्द-गिर्द भौंरों सा मँडराने लगा था। दोष उन बेचारों का नहीं, उनके अनोखे व्यक्तित्व का था। उनके जिस सत्यानाशी आकर्षण ने उनका घर-द्वार छुड़ा दिया था, उसी ने सैनेटोरियम भी छुड़वा दिया। घर लौटीं तो बिग्रेडियर बेदी छुट्टियों में घर आए थे। मिसेज़ बेदी उसके आलिंगन के बन्धन के जाल में फँसी मृगी-सी छटपटा उठी थीं, गलित कुष्ठ से सड़ा कोढ़ी भी उन्हें अपने बाहुपाश में बाँध लेता

तो शायद इतना नहीं सिहरतीं। ब्रिगेडियर बेदी साढ़े छः फुटा सरदार था। उसका चेहरा अजब चतुष्कोण के आकार का था, उसके खाकी साफे की पटियाला कलगी की एक-एक भाँज पत्थर की मूर्ति पर तराशी-सी उभरी रहती। काली दाढ़ी और मूँछों पर वह न जाने क्या-क्या प्रसाधन लगाकर वार्निश-सी चमक दिए रहता। दाढ़ी के एक-एक बाल को काले रेशमी तागे से बाँधकर वह अपनी फौजी टुकड़ी के सिपाहियों की तरह ही अनुशासन में रखता, मजाल है कि एक भी बाल इधर से उधर हो जाए! तुर्रम मूँछें ऊपर को उठाकर पतली होते-होते सिगरेट के धुएँ-सी गालों के सीमान्त तक पहुँचकर खो जातीं। दोनों कदमों को एक-दूसरे से सटाकर वह सदा एक आला फौजी अफसर की दर्शनीय चाल चलता। ब्रिगेडियर के चेहरे की एक-एक रेखा निर्मम और क्रूर थी। पिछले दो वर्षों से सरकार ने उसे नागा विद्रोहियों के दमन के लिए कहीं सीमान्त पर भेज दिया था। उसके पहले दो ब्रिगेडियरों के नरमुंडों की माला नागा सरदार पहन चुका था। "अब मेरी बारी है।" ब्रिगेडियर मिसेज़ बेदी से कहता और उनका हृदय तनिक भी आतंकित नहीं होता। ब्रिगेडियर उनके दो-दो बेटों का बाप था, पर फिर भी पति को देखकर घृणा से उनका अंग-प्रत्यंग सिहर उठता। कभी इसी व्यक्ति के पीछे दीवानी होकर भूख, प्यास, मार, लाँछना सब भूल गई थी। आज कपूर की लौ की ही भाँति उसके प्रेम की लपट उड़ गई थी। वेदी सात दिन घर रहा था पर उनके कमरे में सोया केवल एक दिन, बाकी छः दिन उसने छः विभिन्न नारियों के संसर्ग में हँस-खेलकर गुज़ार दिए थे, जिनमें से एक उसकी अठारह वर्ष की नौकरानी भी थी। बेहया, बेशर्म!—वे क्रोध से दाँत पीसती रही थीं। यही बेदी था, जिसकी चिकनी-चुपड़ी बातों में उसने विवेक के दर्पण को चूर-चूर कर दिया था। कक्का ने चोटी पकड़कर कमरे में बन्द कर दिया था, सिसकती चाची ने आधी रात को चुपचाप ताला खोलकर उसे कितना समझाया था—"बेटी, शादी-ब्याह अपने ही समाज का ठीक होता है, खबरदार जो अपनी पसन्द की शादी की बात ज़बान पर लाई!" उसे समझा-बुझाकर काखी अपने कमरे में गई, तारो सो गई और वह रात के दो बजे किस दुःसाहस से निकल भागी! बेदी उसके लिए ग्रांड होटल में रुका था। विवेक भ्रष्ट होने में समय ही कितना लगता है! उसे लेकर वह फिरोज़पुर पहुँचा और तीसरे ही दिन बड़ी धूमधाम से विवाह भी हो गया। दो साल में उसके दो बेटे हो गए, दलजिन्दर और गजेन्दरसिंह बेदी! ससुराल के रंग-ढंग उसे विवाह के आठवें

ही दिन नज़र आने लगे। सास और ससुर दोनों पीकर धुत्त पड़े रहते, छोटी देवरानी घर के मुसलमान खानसामे के साथ पाकिस्तान भाग गई थी। आलीशान हवेली असंख्य नौकर और दासियों से भरी थी किन्तु उन पर कोई नियन्त्रण नहीं था। बेचारी मिसेज़ बेदी ओखली में सिर रख चुकी थीं। अब मूसल से डरकर कर भी क्या लेतीं! उन्हें अपने घर की याद आती, जहाँ नींद टूटती थी, काखी के शंख-घोष की पवित्र ध्वनि से। संध्या को स्पष्ट स्वरों में गायत्री जाप करते उनके कक्का रुद्रदत्त पन्त। और यहाँ नित्य सुबह होते ही बकरी के करुण क्रन्दन से उनके ससुराल की हवेली गूँज उठती। उनके ससुर सरदार दलजीत सिंह नित्य उठकर बकरे की ताजी कलेजी खाकर चाय पीते थे।

मिसेज़ बेदी का नाम था तिला, सुचिक्कन ठोड़ी पर विधाता ने एक काला-सा तिल धर दिया था, उसी से काखी ने तिला ही नाम धर दिया था। तिला के पिता काठमांडू में लकड़ी का व्यापार करते थे। लकड़ी के ठेकों ने उन्हें दो ही वर्षों में सम्पन्न बना दिया। एक ही पुत्री हुई थी। पत्नी को कुमाऊँ का राजरोग लग गया। मरते समय वह तीन माह की पुत्री को देवरानी की गोद में डाल गई। काखी की तारो उससे एक माह बड़ी थी। बड़े दुलार से काखी दोनों को पालने लगी। तिला के पिता ने किसी नेपालिन से विवाह कर लिया पर प्रत्येक माह वह पुत्री के नाम दो सौ रुपये भेजता। काखी सब रुपये बैंक में जमा करने लगी और जब तिला बड़ी हुई तो उन्होंने अंग्रेज़ी स्कूल में डाल दिया। तिला के कक्का जंगलात में हेड क्लर्क थे, इसी से तारो मिडिल पास कर घर का काम सीखने लगी, पर काखी की लाड़ली तिला नीले अंग्रेज़ी लिबास में जर्मन 'नन्स' के स्कूल में पढ़ने जाती। सोलह वर्ष में सीनियर कैम्ब्रिज पास कर तिला निकली तो काखी को उसके विवाह की चिन्ता हुई। कई रिश्ते आते, पर काखी को कोई पसन्द नहीं आता—"अरे जोशीजी का लड़का प्रमोद? वह भला क्या खाकर मेरी तिला को पालेगा? आखिर है तो स्कूली मास्टर ही, मेरी तिला को आई. सी. एस. मिलेगा।" पर कुमाऊँ में आई. सी. एस. तब हथिनी की सन्तान की भाँति ही दुर्लभ थे, एक-आध निकलते भी तो सनातनी कक्का के उच्च गोत्र-प्रवर की परीक्षा में चित हो जाते। तारो के विवाह का प्रसंग उठा और जो भी उसे देखने आता, तिला ही उसे बाँध लेती। तारो का रंग गोरा था, आँखें बड़ी-बड़ी और हँसी भुवनमोहिनी थी, पर तिला का सौन्दर्य साधारण होकर भी असाधारण

था। वह राजहंसिनी-सी अपनी मरालग्रीवा को अनोखी अदा से उठाकर चलती और तारो को काखी ने केवल झुकना ही सिखाया था। तारो का विवाह हो गया, उसके पति एक्साइज़ इंस्पेक्टर थे। उनका कद छोटा और मूँछें छितरी-सी थीं, फिर भी चिकने-से चेहरे पर ऐसा सौजन्य था कि काखी ने एकदम छाँट लिया, वैसे आबकारी के इंस्पेक्टर ने बार-बार तृषित दृष्टि से तिला को देखा था, पर वह जानता था कि उस ऊँची सजी दूकान पर पहुँचने के लिए वह एक छोटा-सा बौना है। तारो ससुराल चली गई और तिला लखनऊ आई.टी. कालेज में पढ़ने लगी। काश, तारो की ही भाँति काखी ने उसे भी दुपट्टे से ढाँप-ढूँपकर ब्याह दिया होता! आई. टी. में ही उसे गुरुचरन कौर मिली और चन्दन के वृक्ष से सर्पिणी लिपट गई। गुरुचरण भी सीनियर करके आई थी। वह एक बहुत बड़े बाप की बेटी थी, उपहारों से तिला को लाद दिया और वहीं उसके भाई मनमोहन बेदी से उसका परिचय हुआ। कब परिचय ने प्रेम और प्रेम ने विवाह का रूप लिया, वह स्वयं ही नहीं जान पाई। इस प्रकार तिला धीरे-धीरे मिटकर मिसेज़ बेदी बन गई। वह भी बित्ते-भर के ब्लाउज़ पहन, छोटी-छोटी जीन्स से शरीर के उभार का नग्न प्रदर्शन करती पति के समाज में न जाने कब उतर गई। दोनों बेटे जन्मते ही आया को सौंप दिए गए, एक पठानिन आकर उन्हें दूध पिला जाती। तिला ने विरोध किया तो सास बिगड़ गई, "ऐ लो बहू, हमारे खानदान की किस बहू ने बच्चे को दूध पिलाकर अपना जिस्म तबाह किया, जो तू करेगी! मुझे देख, मजाल है कोई तीस से ऊपर की बता दे!" और सिरहाने किसी बुलन्द-ठोस इमारत-सी खड़ी अपनी सास को देखकर वह सहम जाती। उनका मातृत्व उसकी छातियों में ही सिमटकर रह गया। गजेन्दर और दलजिन्दर, पठानिन का दूध पीकर, पूरे पठान बन गए। आठ वर्ष ही में उनकी धूर्तता का ओर-छोर नहीं मिलता। अलमस्त बछड़े-से वे जिधर चाहते, सींग मार देते। कभी गुलेल से सड़क की बत्ती का बल्ब चकनाचूर कर दिया, कभी राह चलते किसी राहगीर को लँगड़ी देकर गिरा दिया और कभी दादा के हाथ से सिगरेट छीनकर कश लगा लिये और दादा की मूँछें ऐंठ-ऐंठकर कहते, "ओय, शाबा, मेरे पुत्तर! ओय शाबा, मेरे बादशा!" न उन्हें माँ से लगाव था, न माँ को उनसे।

नैनीताल पहुँचकर मिसेज़ बेदी की पिछली ज़िन्दगी पर पर्दा-सा पड़ गया। ताल में एक सधी पंक्ति में तिरती बतखों को देखकर उनकी पिछली यादें

ताज़ी हो गईं। तारो के साथ वे ताल की रेलिंग पकड़कर खड़ी हो जाती थीं और कैसे दोनों कंकड़ मारकर उन बतखों में भगदड़ मचा दिया करती थीं। वही ताल है और वही बतखें, वही तारो भी होती! अकेली ही मर गई। बेचारी तिला, जिसके नादान यौवन की क्षणिक भूल ने उसका एकदम ही गला घोंटकर रख दिया। अचानक तारो और काखी को देखने की तीव्र लालसा ने उसमें अदम्य साहस भर दिया। उसकी काखी की पावन गोद क्या किसी तीर्थ से कम थी? वहाँ पहुँचकर उसके सब पाप धुल जाएँगे। क्या पता उसकी अजन्मी सन्तान उसके प्राण ही ले ले और वह कभी काखी और तारो को देख ही न पाए! किन्तु कक्का, दुर्वासा के साक्षात अवतार। अपने कक्का के काल्पनिक क्रोध की लपटों में वह क्षण-भर को झुलस-सी उठी, पर फिर उसने अपना लम्बा कोट लिया और रिक्शा में बैठ गई। रिक्शा ने मल्ली ताल उतार दिया और वह थमककर खड़ी रह गई, फिर धीरे-धीरे चल दी। बड़े डाकखाने की छत, आवागढ़ की कोठी, सब किसी जादू की छड़ी के तले बोलने वाली सजीव इमारतें-सी हो गईं—कोई पूछ रही थी, 'याद है हमारी इसी ढाल किनारियों पर तू तारो के साथ घुसघुसी खेलती थी?' कोई कहती, 'कहाँ थी इतने दिन? देखती नहीं यह खूबानी का पेड़, इस पर चढ़कर तूने कितनी खूबानियाँ खाई थीं!' पथरीली सड़क के हर कंकड़ पर उसे ऐसी ममता उमड़ आई कि जी में आया उठा-उठाकर चूम ले। कहीं से पहाड़ी मसाले, जंबू में छौंके आलू के गुटकों की परिचित सुगन्ध आ रही थी। एक नल के पास चार-पाँच गोल-गोल पहाड़ी बच्चे, पानी की बौछारों से एक-दूसरे को भिगो रहे थे। एक ओर पतली छड़ी पर अपनी ऊँची एड़ियों को साधे, एंग्लो-इंडियन मिसेज़ वीट उतर रही थीं, तारो और तिला बहरी मिसेज़ वीट को 'चिड़िया की बीट' कहकर चिढ़ाती थीं। और बुढ़िया कुछ नहीं सुन पाती, फिर भी हँसकर कहती, 'हेलो स्वीटी!' मिसेज़ वीट ने देखा पर पहचाना नहीं—तो क्या वह इतना बदल गई थी? अचानक घूमती-घामती पगडंडी ने उसे खींच लिया। यह पगडंडी ठीक कक्का के घर के आँगन में उतरती थी। फिर घर भी आ गया। लाल छत का रंग फीका पड़ कर उतर गया था, बाहर ऊँची-ऊँची रस्सी पर काखी का पेटीकोट सूख रहा था, ठीक वैसे ही जैसे उस चाँदनी रात में ओस में भीगा लटक रहा था, जिस दिन वह भागी थी। कितने प्यार से वह चुपचाप उठाकर बरामदे में रख आई थी, जैसे वह निर्जीव पेटीकोट नहीं स्वयं उसकी प्यारी काखी ही ओस में खड़ी भीग रही थी।

दाड़िम का पेड़ लाल-लाल फूलों से लदा था, इन्हीं को तोड़कर कितनी गुड़िया की खटियाँ बनाई थीं, सींकों से जोड़-जोड़कर! बाहर कोई भी नहीं था। मिसेज़ बेदी धुएँ की कालिख से काली, काठ की सीढ़ियाँ चढ़ने लगीं। उन्हें अभी भी याद था कि सीढ़ियाँ साढ़े सत्ताईस थीं। आखिरी सीढ़ी एक बार अँगीठी धरने पर आधी जल गई थी और अब तक आधी ही थी। उनका हृदय इतनी जोर से धड़कने लगा कि उन्हें दोनों हाथों में कलेजा थामना पड़ा। घर की नई मनहूसी से वे स्वयं ही चौंक उठीं—कहीं काखी को तो कुछ नहीं हो गया! वे डाइबिटीज़ की पुरानी मरीज़ थीं और डाक्टर ने कभी कहा था कि उनका बेशुमार मुटापा ही कभी उनका शत्रु होगा। पर सहसा काखी की तिब्बती घंटी का स्वर आया और उनकी पूजा का एकमात्र मन्त्र 'जय राम रमा रमनं शमनं'। "काखी!" कहकर मिसेज़ बेदी उनसे लिपट गईं। हाथ की घंटी नीचे गिर पड़ी। अपनी छाती पर अचानक आ गिरी तिला को देखकर वे चीख पड़ीं और फिर पागलों की तरह चूमने लगीं। मिसेज़ बेदी ने आँखें खोलीं, "काखी, तुझे यह क्या हो गया?" सफेद मर्दानी धोती और नंगी कलाइयाँ देखकर वह रोने लगीं, "क्या हुआ कक्का को?"

"तेरे जाने के बाद ही उन्हें घुन-सा लग गया। कहाँ-कहाँ पता लगवाया, किसी ने कह दिया तू किसी मुसलमान के साथ पाकिस्तान भाग गई है, बस उसी दिन से खाट पकड़ ली। हमारे ही खानदान का राजरोग ले गया उन्हें भी।"

"काखी, तारो?" उन्होंने डरकर पूछा।

"यहीं है अभागी, लगभग एक महीना होने को आया है, चार छोकरियाँ जन्म कर जाती रहीं, इसी से अब के ससुराल वाले यहाँ पहुँचा गए कि शायद मायके में सन्तान जी आए। उसके कुल में तो इष्ट का श्राप है कि एक भी सन्तान नहीं जीएगी। मन्दिर गई है। ले, आ भी गई।" काखी ने कहा और सच तारो द्वार पर खड़ी थी। उसकी सुन्दर मूर्खतापूर्ण आँखें फटी ही रह गईं और दौड़कर लिपट गई। काखी ने झट से साँकल चढ़ा दी, "चौबाइन देख लेगी तो भेद लेने अभी आ धमकेगी।" कहकर उन्होंने मिसेज़ बेदी को अपनी विशाल डनलोपिलो की सी गोदी में खींच लिया और बड़े प्यार से कटे बालों पर हाथ फेरने लगीं, "हाय राम, यह क्या गत बना ली है बालों की! हरद्वार की जोगनी के से बाल कटा लिए तेने छोरी। सुहागिन के बालों में भी कहीं कैंची चलती है भला! सच री! कहीं तूने मुसलमान से तो शादी नहीं कर

ली!" अचानक उन्होंने मिसेज़ बेदी का सिर अपनी गोद से खिसका दिया।

"नहीं काखी!" खिलखिलाकर मिसेज़ बेदी फिर मचलकर गोद में लेट गईं, "मेरे ससुर ने चार-चार गुरुद्वारे बना दिए हैं।"

"हाय, मैं मर गई! तो क्या सरदार है तेरा पति?" काखी उनके चेहरे पर झुक गईं।

"और क्या, देखती नहीं कैसे सरदारनी बन गई हूँ मैं।"

तारो मुँह में आँचल ठूँसकर हँसने लगी। उसी दिन काखी ने उनका सामान मँगवा लिया और मिसेज़ बेदी के उजड़े चमन की बहार लौट आई। तारो के साथ वह दही-नींबू सानकर चटखारे लेतीं। कभी बासी रोटियों में पालक का साग धरकर दोनों उचककर बच्चियों-सी खिड़की पर बैठ जातीं और राह चलती भीड़ पर हँसी के छींटे मारतीं।

"हाय, हाय, देख प्रमोद तिवारी! हाय, यह तो बूढ़ा हो गया री, तारो।" सच बेचारा प्रमोद एकदम ही झटक गया था।

"बूढ़ा नहीं होगा तो क्या, आठ बच्चे हो गए हैं, नवाँ होने को है।" तारो कहती। मिसेज़ बेदी इतनी जोर से हँस पड़तीं कि बेचारा प्रमोद मुड़कर ऊपर को देखता, दोनों डुबकी-सी मारकर छिप जातीं।

"अरी देख, देख तेरी पुरानी सास।" प्रमोद के जाते ही तारो मिसेज़ बेदी को फिर ऊपर खींच लेती।

"साथ में बहू भी है, देख। रंग तो देख बहू का, लगता है मड़ुबे की जली रोटी है। दुनिया-भर की लड़कियों में मीन-मेख निकालती थी बुढ़िया, आखिर मिली ये सब्जपरी!"

शोख हरी साड़ी पहने घोर कृष्णवर्णा बहू को लिए पन्ताइनजी ढाल पर स्टीमरोलर-सी लुढ़क रही थीं। इन्हीं के आई. सी. एस. पुत्र सुरेश पन्त से कभी तिला के विवाह का प्रसंग भी जुड़ गया था। तरुण सुरेश की सजीली चाल को तारो के साथ तिला इसी खिड़की से मुग्ध होकर देखती थी, पर इसी बुढ़िया ने प्रस्ताव खोटे सिक्के-सा फेर दिया था, "मेरा सुरिया तो आई.सी.एस. है, समधियाना भी देखना पड़ेगा!" इसी से तो समधियाना ही मिला, बुढ़िया को रूप-रंग नहीं। नहीं तो क्या आज तिला मिसेज़ बेदी बनती!

"हाय री, बुढ़िया तो और भी मुटा गई है।" उन्होंने तारो से कहा, "कहीं एक और आई. सी. एस. तो नहीं है पेट में!" तारो हँसते-हँसते खिड़की से

नीचे धम् से गिर पड़ीं। हँसी का शब्द सुनकर काखी आ गईं और धमक लगाकर बोलीं, "ले उमर हो गई पर अकल नहीं आई। ऐसी हालत और यहाँ मिलिटरी के जवानों की-सी कूदा-फाँदी हो रही है! अरी छोरियो, तुम्हें कुछ हो गया तो तुम्हारी ससुराल में क्या मुँह दिखाऊँगी!"

"हाय, काखी!" बड़े प्यार से मिसेज़ बेदी ने उनके गले में हाथ डालकर कहा, "मैं मर गई तो मेरी सास को तार ज़रूर कर देना। बुढ़िया पाँच-सात मनचले बुड्ढों को बुलाकर एक दावत दे ही डालेगी।"

तारो फिर खी-खी कर दुहरी हो गई।

"हट मरी, जब देखो तब हँसी, सब पड़ोस में तेरे आने की खबर फैल गई है। आज तो मंगल है, कोई नहीं आएगा, कल देख लेना नैनीताल उलट पड़ेगा।" काखी बोलीं।

"हाय राम, भगवान करे, तारो, हम दोनों को कल दिन-भर दर्द उठते रहें।" हुआ भी यही, दोनों पूरे दिन दर्द से तड़पती रहीं। काखी का बुरा हाल था। कभी एक के सिरहाने सतिया धराती कभी दूसरी के। आधी रात को एक ही रोहिणी नक्षत्र में एक ही छत के तले दोनों ने एक-एक कन्या को जन्म दिया। दाई ने बीच में एक चादर टाँगकर व्यवधान रच दिया था। दर्दों के बीच भी मिसेज़ बेदी का परिहासरसिक चित्त मुखर हो उठता, "हाय तारो, मेरी सास को तार करना मत भूलना, बहन कि बहू भगवान को प्यारी हो गई।" वह हँसतीं और फिर दर्द से कराहने लगतीं।

"चुप कलमुँही! भगवान का नाम ले।" काखी धमक लगातीं, और इसी धमक-हँसी के बीच दस मिनट के अनन्तर दोनों कन्याएँ जन्मीं। सौरगृह के दीये के मन्द प्रकाश में दोनों जच्चाएँ सो रही थीं। तारो के पास बड़ी-सी डलिया में सोई थी उसकी नवजात कन्या और तिला के पास धरी डलिया में सो रही थी उसकी कन्या। डलियाँ वही थीं, जिनमें कभी तारो और तिला सोई थीं—तारो सो रही थी, पर तिला की आँखों में नींद नहीं थी। पास ही टॉमस पादरी की मुर्गियाँ फड़फड़ा रही थीं—बीच की चादर दाई हटा गई थी। तिला ने देखा तारो की खाट उसके कितने पास थी। तारो की बिटिया जो कभी अपने वंश के श्राप को झेलती चल देगी और उसकी बिटिया जो अपने पिता के वंश के श्राप को झेलती जीती रहेगी।

सहसा उनके दिमाग में बिजली का-सा झटका लगा। उन्होंने अपनी बेटी को डलिया से उठाया, चूमा और लड़खड़ाते कदमों से तारो के पलंग की ओर

चल दीं। अपनी बेटी को तारो की बगल में लिटाकर बिजली की गति से उसकी बिटिया को गोद में उठा लिया—दोनों बच्चियाँ रोने लगीं और तारो हड़बड़ाकर जग उठी। अपने सिरहाने तिला को देखकर वह चौंक गई, "तू यहाँ कैसे आ गई?" उसने पूछा।

"आती नहीं तो क्या करती!" सधे संयत स्वर में मिसेज़ बेदी बोलीं, "तू बेखबर घोड़े बेच सो रही थी, वहाँ बच्ची डलिया में चीखे जा रही थी। ले उठ, दूध पिला। इधर मेरी भी जग गई।"

तीसरे ही दिन मिसेज़ बेदी ने देखा, उनकी छाती से लगी नवजात कन्या एकाएक ठंडी पड़ गई। तारो के पति-वंश का श्राप क्या कभी मिथ्या हो सकता था? कितना अच्छा हुआ, तारो कभी जान भी नहीं पाएगी। महीने-भर बाद जब वे घर जाने का सामान बाँधने लगीं तो काखी ने बहुत रोका, पर चाहने पर भी वे अब नहीं रुक सकती थीं। कितने ही दिन छिप-छिपकर वे गुसलखाने में आधी चिलमची खून उगलकर बहा आई थीं। लगता था, मौत ने उनके बहुत पास आकर उनके कन्धे पर हाथ रख दिया था। चलने लगी तो उनके प्रशस्त ललाट पर रोली का तिलक खींचकर काखी ने अक्षत धर दिए। आँचल आँखों पर धरकर वे बिखर पड़ीं। मन ही मन वे जान गई थीं कि सदा हँसने-हँसाने वाली उनकी सदाबहार बिटिया अब कभी लौटकर नहीं आएगी। मिसेज़ बेदी दिल की पत्थर थीं। बचपन में भी कड़ी से कड़ी चोट लगने पर भी वे सदा होंठ काठकर रुलाई रोक लेती थीं। आज भी उनकी आँखें गीली नहीं हुईं। तारो बुरी तरह सिसके जा रही थी। उसकी गोरी नाक रोने से लाल हो गई थी। गोद की बिटिया कुनमुनाने लगी। सिसकियों के बीच ही उसका स्वर आया, "तू अब कब आएगी, तिला?" मिसेज़ बेदी लौटीं—उनकी उदास निष्प्रभ आँखों में विषाद घनीभूत हो उठा। मुड़कर उन्होंने तारो के कन्धों पर दोनों हाथ धर दिए, "तारो, मैं नहीं आ सकी तो अपनी इस बिटिया से कहना इसकी एक मौसी थी, जो..." वाष्प-स्तम्भित कंठ अवरुद्ध हो गया। आगे कुछ भी नहीं कह सकीं, झुककर बेटी को चूमा और बिना मुड़े लम्बी-लम्बी डगें भरती पगडंडी उतर गईं।

प्रतीक्षा

मेज़ पर दस तस्वीरें बिखरी थीं। चल-चित्र की तारिकाओं के-से गोल, तिकोने, अंडाकार, चपटे चेहरों पर खिड़की के काँच से आती सूर्य की किरणें कोण-त्रिकोण प्रस्तुत कर रही थीं।

ज्योतिष और हस्तरेखा का सुविज्ञ पंडित विमल, उन चेहरों की ज्यामिति के असाध्य साध्यों में तीन दिन से उलझा पड़ा था। आज तक किसी भी चेहरे के विभिन्न अवयवों की कुंजी से, वह चेहरे के स्वामी अथवा स्वामिनी के जटिल से जटिल ताले को भी खोल देने की अद्भुत क्षमता रखता था। पतले होठों का कितनी डिग्री का कोण मनुष्य को क्रूर बनाता है? किस प्रकार की अधमुँदी आँखें व्यक्ति के कृपण-स्वभाव की द्योतक होती हैं? कन्धे उचका-उचकाकर बातें करने वाले व्यक्ति की क्या परिभाषा होती है--सबका उत्तर विमल की नीर-क्षीर-विवेचना क्षण-भर में दे देती थी। लजाकर पलकें झपकाने वाली कन्या का लज्जा-घृत असली है या वनस्पति-जाति का—वह पलक झपकाते ही सूँघ लेता। मानव-स्वभाव की उलझी से उलझी ऊन की गुत्थियों को वह राह चलते सुलझाता रहता। उसे इस विद्या में आनन्द ही नहीं, अपने विलक्षण चातुर्य और पटुता पर गर्व भी होता था, किन्तु आज उसका दर्प चूर्ण हो गया था

दस तस्वीरें उसके सामने पड़ी उसकी खिल्ली उड़ा रही थीं—लो, पहचानो हमें, पहचाना न ठेंगा!

पहली तस्वीर थी किसी मीता नागर की। दुबला, इस्त्री किया-सा चेहरा, आँखें न उदार, न कृपण। ललाट प्रशस्त, वह भी ऐसा कि सौभाग्य या वैधव्य, किसका द्योतक है—कहना कठिन था। होंठों पर रहस्यमयी मुस्कान, यदि मुस्कान असली थी, तो महादुरूह और यदि नकली थी, तो लड़की की

असाधारण प्रतिभा उसको जीवन-भर दास बना देगी।

नम्बर दो, अनीता बनर्जी : किसी दिवंगत स्वास्थ्य मन्त्री की कन्यारत्न थी। पिता के ओहदे का अस्तित्व अभी भी पुत्री के चेहरे पर विद्यमान था। बिना बाँहों के अत्याधुनिक पट्टी के ब्लाउज पहनने से बाँहों की मछलियाँ और भी सुस्पष्ट लग रही थीं। इसी प्रकार नम्बर तीन, चार से लेकर दस तक, एक भी ऐसी सूरत नहीं थी, जिस पर वह दो पल आँखें टिकाकर शीतल कर सकता। दस के दस चेहरे उसे पेड़ ही पर आवश्यकता से अधिक गदराए फलों से दिखने लगे। ऊबकर उसने दसों तस्वीरें, लम्बी चिट्ठियों के पतरे और स्वयं अपने विज्ञापन की कतरन दराज में धर दी।

अब क्या करे? क्या बाबूजी और अम्मा की ही पसन्द की गई, ढोल-से चेहरे और मजीरे-से कानवाली लड़की विमला से ही विवाह करने की स्वीकृति दे दे? वही विमला, जिसने बीच से माँग निकाल अपने चपटे चेहरे को और भी चपटा बना लिया था। कभी नहीं! इससे वह कुँआरा ही भला! उसके साथी दो-दो बच्चों के बाप बन गए थे और वह अभी भी लँडूरा ही बना फिर रहा था, किन्तु अपनी परिमार्जित रुचि का गला वह घोंट कैसे सकता था! लड़कियाँ भी उसके समाज की नहले पर दहला थीं। कोई ही-ही कर मूर्खा-सी हँसती रहेगी, कोई हँसेगी ही नहीं, कोई आवश्यकता से अधिक दुबली होगी, तो कोई बेहद मोटी।

राधा उसे कुछ जँची थी, पर तीन बार विमल ने उसे देखा और तीनों ही बार उसे नजले ने बेहद परेशान कर रखा था। हर बार अपनी सुन्दर नाक सुड़कती, वह अपनी बुआ को बुलाने उठ गई थी। नाक कितनी ही सुन्दर क्यों न हो, बार-बार सुड़काए जाने पर उसका सौन्दर्य कुछ न कुछ घट ही जाता है। दिन-रात की घोटमघोट ने बेचारी के लम्बे चेहरे को सुखा डाला था। राजनीति, हिन्दी और अर्थशास्त्र में एम. ए. कर अब वह संस्कृत में एम. ए. की तैयारी कर रही थी। उस बेचारी पर तो विमल को सचमुच तरस आने लगा था। उसे लगता था, यदि किसी ने राधा से विवाह नहीं किया, तो वह पाली, अरबी, चीनी सब विषयों में एम. ए. कर डालेगी, किन्तु उसे बचाने की इच्छा होने पर भी, वह इतना बड़ा त्याग नहीं कर सकता था।

विमल ने विवाह न करने का ही संकल्प कर लिया था, किन्तु इधर नौकरों की लूट-खसोट ने उसका जीना दूभर कर दिया था। सोने के बटन, दाढ़ी बनाने का ब्लेड, नहाने का साबुन, टैल्कम पाउडर पल-भर में हवा में

उड़कर विलीन होने लगे। धोबी का घर नवों निधियों से जगमगाने लगा। गृह के स्वामी की चादरें, कमीज़ और पैंट, धोबीघाट के विशाल उदधि में सदा के लिए विलीन होने लगीं। एक तो विमल की नियुक्ति झाड़-झंखाड़ से भरे एक पिछड़े इलाके में हुई थी जहाँ आदिवासी अर्धनग्न स्त्रियों के भावहीन चेहरों और फटी-फटी आँखों को देखता-देखता वह बुरी तरह ऊबने लगा था। एक दिन, खेल ही खेल में उसने अखबार में वह विज्ञापन दे डाला था—चलो, कुछ मनबहलाव ही सही। 'आवश्यकता है' उसने लिखा था, 'एक उच्चकुल के उच्चपदस्थ भारद्वाज गोत्रोत्पन्न ब्राह्मण नवयुवक के लिए सुन्दरी कॉन्वेन्ट-शिक्षिता ब्राह्मण-कन्या की। अन्तर्जातीय विवाह मान्य होगा।'

फिर क्या था! नागर, नम्बूदरी, बनर्जी, मुकर्जी दुहिताओं की गर्जन-तर्जन के साथ शिलावृष्टि होने लगी। एक कुमाऊँ चुप था।

मन ही मन विमल ने दाँत पीस लिये। उन्हीं की तो वह परीक्षा ले रहा था। शिखासूत्र को मुट्ठी में दबाए बैठे रहेंगे, चाहे ताड़-सी कन्या छाती पर बैठकर मूँग दलती रहे, टस से मस नहीं होंगे हिमालय के बेटे। यदि कहीं भी उसने अपनी जन्मभूमि का उल्लेख किया होता, तो अब तक उसे विजेता हॉकी-टीम के कप्तान की भाँति वे हाथों ही हाथों में उछालते नजर आते। खैर, कोई बात नहीं, देख लेगा वह!

पर देख कहाँ पा रहा था, रिसेप्शनिस्ट, रेडियो आर्टिस्ट, नृत्यकुशला टेलीविजन-तारिका—किसी में भी तो वह अपने मन की राधिका को अब तक नहीं ढूँढ़ पा रहा था।

अचानक डाकिया एक पत्र डाल गया। होगा किसी कन्याग्रस्त पिता का। उसका अनुमान ठीक ही निकला, किन्तु जहाँ आज तक आए पत्रों की बनावटी भाषा और आडम्बरपूर्ण शब्द-चयन उसे आधा ही पत्र पढ़कर ऊबा देता था, वहाँ उस छोटे-से सरस पत्र की सजीव भाषा ने उसके अन्तर को छू लिया। 'महोदय' के 'म' को देखते ही उसने लिखनेवाले व्यक्ति के व्यक्तित्व को बैठे-बैठे ही सूँघ लिया। कैसी सुस्पष्ट बनावट थी 'म' की। चीनी स्याही से लिखे गए हिन्दी अक्षर, किन्हीं प्राचीन ग्रंथों के भोजपत्र पर लिखे गए मुक्ताक्षरों से होड़-सी ले रहे थे। पत्र क्या था—किसी संग्रहालय से उड़कर आ गया, सुलिखित, सुरक्षित किसी पूर्वकालीन ग्रंथ का फड़फड़ाता पन्ना था।

'महोदय' से आरम्भ किए गए पत्र में, प्रत्येक अक्षर की दूरी जैसे इंचीटेप से नापी गई थी।

आपका उदार विज्ञापन देखकर चित्त प्रसन्न हो गया, कल रविवार है और हमारे सौभाग्य से आप नैनीताल आए हुए हैं, हमारे साथ जलपान ग्रहण करने का कष्ट अवश्य करें।

विनीत
शिवेन्द्रमोहन पन्त

विमल उछल गया। न कहीं विवाह योग्य कन्या का उल्लेख, न निरर्थक दीनता।

हो सकता है, एक भी दुहिता न हो, केवल उत्सुकतावश ही न्यौता दिया हो, और हो सकता है दर्जन पर विवाह-योग्य कन्याओं के पिता हों।

वाह, वाह एकदम एगाथा क्रिस्टी के उपन्यास के तीसरे पृष्ठ का-सा आनन्द आने लगा था। नाम भी कितना भ्रामक था। पहाड़ी नाम आमतौर पर ऐसे नहीं हुआ करते। क्या पता महाराष्ट्री हो? कुमाऊँ का गजेटियर विमल को कण्ठस्थ था। पिता ने कुछ आपत्ति की, तो वे कोंकण से आकर कुमाऊँ में बस गए। गौतम पन्त का नाम गजेटियर खोलकर दिखा देगा। क्या अन्तर्जातीय विवाहों को तब मान्यता नहीं मिली थी? बँगले का नाम भी बड़ा रोचक था : 'रोडोडेनड्रोन लॉज'। अपरचीना स्थित उस बँगले के विकट मार्ग का गाइड घोड़ेवाले को बताकर, वह ढूढ़ता-ढूँढ़ता पहुँच ही गया। बँगला वास्तव में रोडोडेनड्रोन लॉज कहलाने की योग्यता रखता था। चारों ओर से बुरुंश के लाल पुष्पगुच्छ, जापानी क्रेप पेपर की कन्दीलों की भाँति झूल रहे थे। बँगले के अहाते में सूखी पत्ती तो दूर, एक-एक तिनका भी जैसे जीभ की नोक से उठाकर फेंक दिया गया था। काँच की खिड़कियों में हरे, नीले, पीले पुष्पों की आभा स्पष्ट प्रतिबिम्बित हो रही थी।

सफेद कड़ी कलफ में सधे पर्दे मनोहारी चुन्नटों में एक कतार में खड़े थे। विमल साहबी रुचि का अफसर था। बहुत पहले नैनीताल के ही एक जर्मन डॉक्टर का ऐसा चमचमाता बँगला देखा था उसने। अब तो बड़े से बड़े अफसर के लान में भी कपड़े सूखते हैं। आज तक तीन लड़कियों को उसने इसी सामान्य बात पर नापसन्द किया था। जब वह उन्हें देखने गया, तो आठ-आठ सौ पाने वाले हर पिता की पुत्री के आँगन में कतार की कतार, घर के धुले कपड़े सूख रहे थे। हर कतार में एक पेटीकोट और हर पेटीकोट में धोती की किनारी का फूहड़ नाड़ा। जिस घर की माँ-बेटी अपने पेटीकोट में कायदे का नाड़ा नहीं डाल सकती, वह क्या खाक मेमसाहब बनेगी?

किन्तु शिवेन्द्रमोहन पन्त के बँगले की झकाझक सफाई देखकर उसके जी में आया कि वह उस गृहस्थी के सुयोग्य शासक की उँगलियाँ चूम ले।

''अरे आप! मि. जोशी, आई प्रज्यूम? मेरा सौभाग्य है अरे, लिली, आओ-आओ कहाँ हो मि. जोशी आ गए हैं!''

शिवेन्द्रमोहन दोनों हाथों से उसका हाथ झँझोड़ते उसे भीतर खींच ले गए।

कमरा दर्शनीय था। निस्सन्देह यह व्यक्ति रुचि और स्वभाव में विमल को बुरी तरह मात दे सकता था! कितना नम्र, साथ ही कितना रोबीला! देखने मे शिवेन्द्रमोहन सुदर्शन तो नहीं थे, किन्तु वाणी का सौजन्य उनके चेहरे की बदसूरती को बहुत पीछे ढकेल देता था। एक काफी लम्बा टेबुल गुदगुदे, विदेशी कालीन में धँसा-फँसा पड़ा था। उसके चारों ओर तीन-चार कुर्सियाँ बिखरी थीं। विमल को अपने साथ की कुर्सी पर बिठा, हाथ से सिगार की राख झाड़, उन्होंने फिर पुकारा, ''लिली, लिली डार्लिंग, मि. जोशी आ गए हैं।''

मि. जोशी का पहाड़ी कलेजा बुरी तरह धड़कने लगा। लग रहा था शिवेन्द्रमोहन पन्त नहीं, पब्लिक सर्विस कमीशन के चेयरमेन ही उसका इण्टरव्यू लेने लगे हैं।

ऐसी हीन भावना ने उसे पहले कभी त्रस्त नहीं किया था, जिधर देखता, उधर ही शिवेन्द्रमोहन की वैभव पताका फहराकर उसे चुनौती दे रही थी। एक साधारण घर के बने डबलनिट रैगलन में वह पूरा कार्टून लग रहा होगा, क्या हो गया था उसकी बुद्धि को? यह ठीक था कि शिवेन्द्रमोहन के व्यक्तित्व की तुलना में उसके निजी व्यक्तित्व का पलड़ा बहुत भारी था, पर एक नूर का व्यक्ति शिवेन्द्र अपने सौ नूर के कपड़ों में पूरा सम्राट जँच रहा था। उनकी पिन स्ट्राइप की विदेशी कमीज को कौन नहीं पहचानेगा, पैंट की क्रीज़ क्या थी, उस्तरे की धार! गले पर फेर दें तो सिर और धड़ अलग-अलग। मूँछों पर हल्की सफेदी छाने लगी थी, किन्तु टेढ़ी माँग में सँवरे बालों के गुच्छे घने-काले थे।

''लिली माई स्वीट, हरी अप,'' पाइप को होंठों मे दबाए बातें करना भी एक कला है, यह विमल को उसी दिन लगा।

पर्दे की खसखस के साथ ही विमल ने कान खड़े कर लिये।

''माफ कीजिएगा, मैं नहा रही थी।''

लिली नाम की सार्थकता को व्यर्थ करती भारी-भरकम शरीर की वह गतयौवना महिला धम्म से सोफे पर बैठ गई। साथ ही सोफे का एक बहुत बड़ा अंग पृथ्वी के गर्भ में धँस गया।

''ओह कैसी ठंड है, कैसी ठंड!'' दोनों चौड़ी हथेलियाँ एक-दूसरे से घिसती, कभी फूँकती वह होंठों से "हू हू हू" कर कँपकँपी का शब्द प्रस्तुत करती पति के कान में कुछ कहने लगी। साथ ही शिवेन्द्रमोहन 'हो-हो' कर हँसने लगे।

"जानते हैं, मेरी पत्नी क्या कह रही है? कहती है, उसे आज जीवन में पहली बार एक सुन्दर भारतीय देखने को मिला है।"

विमल का चेहरा लज्जा से लाल हो गया है। यही उसके गौरवर्ण का सबसे बड़ा अवगुण था। कोई भी कुछ कहता, तो न चाहने पर भी उसका चेहरा लड़कियों की भाँति लाल पड़ जाता।

शिवेन्द्रमोहन की स्थूलांगी पत्नी लिली विदेशिनी थी। फिरंगी मेम की दुहिता का ढोल गले से लटकाकर वह क्या सुखी रह सकेगा?

वर्ष भर असंख्य व्रत-अनुष्ठानों के व्यूह में चक्र-सी घूमती उसकी अम्मा, कठोर अनुशासन-प्रेमी उसके बाबूजी, उन सब की ओर से क्या वह आँखें मूँद पाएगा?

लिली चाय बनाने उठ गई है। ऐसा विराट शरीर विमल पहली बार देख रहा था। आज तक वह दुबली सोंठ-सी सूखी प्रौढ़ स्त्रियों को फूटी आँखों भी नहीं देख सकता था। प्रौढ़त्व के साथ सामान्य मोटापा भी उनकी परिमार्जित रुचि के अनुसार, प्रत्येक गरिमामयी माँ, चाची या ताई के लिए अनिवार्य था, पर यहाँ तो एक ठुड्डी के नीचे बीसियों ठुड्डियाँ लटक रही हैं, चेहरे का सौन्दर्य मोटापे की पर्तों में बँटता-बँटता शून्य में विलीन हो गया है।

विमल का मन भागने को छटपटाने लगा। कहाँ आकर फँस गया था अभागा! ऐसे ठिगने-ठुस्के पिता और हिडिम्बा-सी माता की दुहिता क्या कभी तन्वी हो सकती थी?

सहसा उसकी विचारधारा को चाबुक-सा लगा। हाथ में ट्रे लिये स्वयंवरा मुस्कराती खड़ी थी।

लिली ने बढ़कर ट्रे उसके हाथ से ली ली। "मेरी पुत्री मिनी है, मि. जोशी," शिवेन्द्रमोहन ने उसका हँसकर परिचय दिया तो विमल सकपका

गया। लड़की सिर से पैर तक पूरी अंग्रेज़ थी। नीली आँखें, सुनहरे बाल और निसंकोच हँसी। सूरत में न वह अपने भारतीय ठिगने पिता से मिलती थी, न भीमकाय विदेशी जननी से।

"हनी, मि. जोशी यहीं के निवासी हैं, तुम्हें नैनीताल खूब घुमा देंगे," विदेशी दुहिता के भारतीय जनक, मोटी मछली फँसाने के लिए दनादन आटे की गोलियाँ फेंकने लगे, "पहले चाय पी लो—मिनी, फिर मि. जोशी को बाग दिखा लाना।"

विमल केक के टुकड़े से खेल-सा रहा था। उस स्वयंवरा के साथ बाग देखने में उसे भय-सा हो रहा था। जिस स्वतन्त्रता से वह मुग्ध होकर उसे घूरे जा रही थी, लग रहा था, सुअवसर पाते ही, अपनी गोरी बाँहें उसके गले में डालकर झूल पड़ेगी। मन की प्रशंसा को तो ये लड़कियाँ मन में हमारी लड़कियों की भाँति दबाकर नहीं रखतीं, चट से दिखा ही देती हैं।

लड़की सुनहरी थी, इसमें कोई सन्देह नहीं, किन्तु वह सौन्दर्य विदेशी ट्यूलिप और डैफोडिल का सौन्दर्य था, जिनके दामी पौधे विदेश से मँगवाकर लाटसाहब के उद्यान सजाए जाते हैं, गृहस्थी की साधारण पुष्प-वाटिका नहीं। कैसी मूर्खता कर बैठा था, विज्ञापन देखकर खरीदारी करने वाला कौन ग्राहक, आज तक नहीं पछताया?

"चलिए, अब आपको अपना बरामदा दिखलाऊँ, पूरे नैनी का बर्ड्स आई व्यू है, ब्रुकहिल, चीना पीक, शेर का डाँडा, सब हथेली पर धरा है," बड़ी आत्मीयता से उसे गलबहियाँ देकर, शिवेन्द्रमोहन एकान्त में खींच ले गए। बरामदे से ही लगा उनका शयनकक्ष था। विमल को लगा, उसे जान-बूझकर ही उस कमरे के वैभव से परिचित कराने वहाँ ले जाया गया है। दो बड़े-बड़े नक्काशीदार पलंगों पर डनलप के गद्दे, कैंडलविक पलंगपोशों से ढके थे। शीशम की चमचमाती मैंटल पीस पर परिवार का एक चित्र था। चाँदी के मोमबत्तीदान में एक लम्बी मोमबत्ती जल रही थी। खिड़कियों के भारी पर्दों के बीच, नैनीताल का कोहरा, चक्र बनाता, जलती अगरबत्ती के धुएँ की भाँति चीना पीक की ओर उठता स्पष्ट दीख रहा था।

"ड्रिंक्स?" शिवेन्द्रमोहन ने विमल की ओर झुककर धीमे स्वर में पूछा।

"जी नहीं, धन्यवाद, मैं नहीं पीता।"

"गुड," शिवेन्द्रमोहन उस सौम्य सुदर्शन युवक को आँखों ही आँखों में पी रहे थे।

"चलिए, बैठा जाए," उन्होंने विमल को खींचकर अपने सामने की कुर्सी पर बिठा दिया, "सच पूछिए तो पत्नी और पुत्री के सामने आप से बातें नहीं कर पा रहा था। यह मेरी इकलौती पुत्री है मि. जोशी। देखने में कैसी है, यह तो आपने देख ही लिया। वैसे तो अपनी पुत्री और दूसरे की पत्नी सबको ही अच्छी लगती हैं।" वे तिरछी दृष्टि से विमल की ओर देखकर मुस्कराने लगे।

"आप जैसा रत्न उसे मिल जाए, तो मुझसे बड़ा भाग्यवान कोई नहीं होगा।"

"तीस वर्ष विदेश में ही बीत गए, मि. जोशी," शिवेन्द्रमोहन स्वयं कहे जा रहे थे, "कैम्ब्रिज से टाइपौज लेकर लौटने लगा, तो लिली से परिचय हो गया, वहीं घर बसा लिया। एक बात और भी थी, जोशी," शिवेन्द्रमोहन गम्भीर होकर उसकी ओर झुक गए, "सोचा, टाइपौज लेकर लौटने के बाद क्या अपने समाज में अपनी टक्कर का जोड़ा पा सकूँगा?"

"पहाड़ तो आपने देखा ही है, विदेश में लोग चन्द्रलोक की ज़मीन के मुरब्बों का मोल-भाव करने लगे हैं, पर हमारा कुमाऊँ अभी भी वंश गोत्र की बारहखड़ी रटे जा रहा है। डिसगस्टिंग! अब लिली को देखिए, सात भाषाएँ जानती है। आजकल कठोपनिषद् का फ्रेंच अनुवाद कर रही है। मिलती कोई ऐसी मुझे अपने समाज में?"

"सच कहिए, यदि अब भी हमारे समाज में सुयोग्य कन्याओं का अभाव नहीं होता, तो क्या आप विज्ञापन की शरण लेते?"

शिवेन्द्रमोहन आवेश में दोनों घुटनों के मजीरे-से बजाते, घूमनेवाली कुर्सी को कभी दाएँ, कभी बाएँ घुमा रहे थे।

"एक बात और भी है जोशी," अब वे विमल का कन्धा पकड़कर कान के पास सट गए, "इसमें कोई सन्देह नहीं कि ऐसे विवाह की सन्तान भी जीनियस होती है, मेरी मिनी..."

उनकी बात बीच ही में एक चीख से दब गई।

"आंटी, आंटी, हाय मैं मर गई...!"

दोनों ने फौजी टुकड़ी की तत्परता से एक साथ गर्दन मोड़ी।

"सब दूध उबल गया आंटी, सब...!" किसी के कच्चे गले की हँसी का स्वर आते ही शिवेन्द्रमोहन बोले, "क्षमा कीजिएगा मि. जोशी, मेरी भानजी है। गाँव से आई है, बेहद भोली है, दूध क्या गिरा, जैसे आसमान गिर गया।

पगली कहीं की!''

''माधवी! माधवी!'' उन्होंने पुकारा।

''हाँ, मामा,'' सिर झुकाए, पर्दे को खोलकर माधवी आ खड़ी हो गई। लाल पर्दे की रक्तिम आभा ने गोरे चेहरे को और भी रक्तिम कर दिया था। विमल मुग्ध होकर उसे देखता रहा। ऐसा रंग और तीखा नैन-नक्श तो कुमाऊँ की ठसकेदार शाहनियों में ही देखा जाता है।

''माधवी बेटी, दो प्याले चाय बना लाओ,'' शिवेन्द्रमोहन ने दोनों पैर फैलाकर गर्दन के पीछे गद्दी ठीक से लगा ली।

''मुझे आज्ञा दें, चाय नहीं पिऊँगा,'' विमल उठ गया, ''फिर कभी दर्शन करूँगा...।''

''फिर कभी क्यों जोशी, कल हमारे साथ लंच लोगे तुम। हमारी माधवी एकदम पहाड़ी खाना खिलाएगी आपको, है न माधवी?''

मुस्कराती माधवी पर्दा मरोड़ती रही।

विमल ने देखा, लड़की की पलकें आश्चर्यनजक रूप से लम्बी थीं और मुस्कराने पर दोनों गालों में गहरे गड्ढे पड़ जाते थे। सुदर्शना नारी के गालों के गड्ढे भी कभी तराई के खौफ़नाक दलदल के गड्ढों की भाँति ही सांघातिक होते हैं।

विमल उसी दलदल में धँस गया। लंच का प्रस्ताव न टाल सका।

वह दूसरे दिन आया, पर खाने की मेज़ पर माधवी नहीं आई। मामा ने ही कैफ़ियत भी दी। जनम से ही अल्मोड़ा के सरल नगरवासियों में रही है, कहती है, मेज़ पर बैठकर छुरी-काँटे से नहीं खा पाती। चौके में ही खा रही है।

''सिली,'' आंटी ने फिर तुरुप मारी, ''मैडोबी, मैडोबी!'' उन्होंने अपने मांसल कंठ के घंटे-घड़ियाल सब बजा डाले, पर माधवी नहीं आई।

खाना खाकर विमल पगडंडी से उतर रहा था, तो एक चट्टान पर गठरी-सी बनी माधवी को देखकर ठिठक गया।

बँगले से इतनी दूर, अकेली, गुमसुम माधवी ही तो थी।

''अरे, आप! अकेली यहाँ क्या कर रही हैं?'' वह चट्टान के पास ही बैठ गया।

उसे अचानक अपने सम्मुख खड़ा देखकर, ध्यानमग्न माधवी हड़बड़ाकर उठ गई।

"मैं रोज़ इस चट्टान पर बैठकर, कालाढुगी की नई सड़क को देखती हूँ, देखिए न कितनी सुन्दर लगती है, एकदम प्रश्न का चिह्न!"

वह हँसी, और उसकी निर्दोष हँसी आँखों से छलकती उसके पूरे चेहरे को भिगो गई।

"खाना खा लिया?" उसने पूछा।

"नहीं," विमल ने सामान्य रसिकता करने की चेष्टा की, "आप तो आईं नहीं, खाता कैसे?"

माधवी, पहले बड़ी-बड़ी आँखें पूरे चेहरे पर फैलाकर, अबोध शिशु की भाँति उसे देखती रही, फिर रसिकता का सूत्र हाथ में आते ही ठठाकर हँस पड़ी, "देखिए न, मैं बार-बार भूल जाती हूँ कि काँटा किस हाथ में पकड़ा जाता है, इसी से नहीं आई। चलूँ, आंटी मैडोबी-मैडोबी कर रही हैं," वह फिर हँसने लगी।

विमल आश्चर्यचकित होकर उन लाल प्रवाल-से अधरों की प्राकृतिक लालिमा देख रहा था। अपने जिले की कितनी ही अप्सराओं को वह नित्यप्रति देखता रहता था, लिपस्टिक के जितने ही विचित्र शेड उतनी ही बहुरंगी मुस्कानें। किसी के रँगे अधर देखकर लगता, श्वेतकुंठ हो गया है या जलकर पूरी चमड़ी ही बदरंग हो गई है। क्या आधुनिक शृंगारिकाओं की रुचि का स्तर इतना गिर गया था।

सौन्दर्य यह है, जिसे देखते ही पैर थरथराने लगते हैं, कंठ वाष्प-स्तम्भित हो जाता है। कैसी कटावदार आँखें हैं और क्या रंग पाया है लड़की ने। वह जिलाधीश की पत्नी ही नहीं, किसी भी कमिश्नरी की नूरजहाँ बनाई जा सकती है।

जैसे भी हो इस रत्न को राजकोष में लाना ही होगा—सोचकर वह जी-जान से जुट गया।

जिस चट्टान पर बैठकर माधवी नई सड़क देखती थी, उसे लुढ़काकर, पास के ही एक गहन वन में स्थापित कर दिया गया। ऊपर अखरोट के वृक्ष की घनी छतरी ऐसे तनी थी कि दूर से तो क्या पास से झाँकने पर भी कोई उस लतागुल्माच्छादित चट्टान का ओर-छोर नहीं देख सकता था।

माधवी को बचपन से ही ऊँचे पेड़ों पर चढ़ने की दक्षता प्राप्त थी। अखरोट के ऊँचे पेड़ पर चढ़, वह दुष्टता से अपनी दोनों सुडोल टाँगें शून्य में लटकाकर, दूसरी डाल से ऐसे झूलने लगती, जैसे सरकस के 'ट्रैंपीज' का

प्रदर्शन कर रही हो। पन्द्रह ही दिनों में वह बित्ते भर की लड़की उसके कितने निकट आ गई थी। किस दक्षता से उसने अपने नवीन प्रेमी के हृदय-साम्राज्य का शासन-भार ग्रहण कर लिया था। एक डाल से दूसरी पर चिड़िया-सी चहकती वह विमल को छेड़ने लगती, "अच्छा, बताइए तो मिनी से आपकी शादी हो गई, तो आपके बच्चों की आँखें मिनी जैसी होंगी, नीली, या आप जैसी—देखूँ, कैसी आँखें हैं आपकी?" वह डालें चरमराती, विमल की आँखों का रंग देखने धम्म से नीचे कूद पड़ती, किन्तु रंग देखने के पहले ही विमल, उसे बाँहों में पीसकर उसकी सुचेष्टा व्यर्थ कर देता।

"मैडोबी, देखो आंटी तुम्हें पुकार रही हैं, लगता है आज फिर दूध गिरा आई हो।" किन्तु आंटी की चीख-पुकार का अब कोई महत्व नहीं था। विमल को कभी-कभी भोली माधवी के छलना-चातुर्य को देखकर दाँतों तले अँगुली दबानी पड़ती। नित्य वह मामी और मामा को घिस्सा देकर उपस्थित हो ही जाती, किन्तु विदेश से टाइपौज लेकर लौटे शिवेन्द्रमोहन ने दाल में काला देख लिया था।

कई बार मिनी को विमल के साथ अकेली छोड़ चुके थे, पर प्रस्ताव तो दूर, छोकरा चेष्टा भी नहीं कर रहा था। उधर माधवी का नाम सुनते ही उसकी आँखें चमकने लगती थीं। भोली माधवी भी जादू की छड़ी का-सा स्पर्श पाकर, सन्ध्या होते ही कहीं विलीन हो जाती थी। कभी कहती, "हमारे कॉलेज की प्रिसिंपल मिल गई थीं, वही खींच ले गईं।" कभी कहती, "घूमने गई थी।"

इधर छोकरी के चेहरे को एक अनोखी लालिमा ने रँग दिया था, विमल अपनी छुट्टियाँ अकारण ही बढ़ाता जा रहा था। क्या सचमुच ही उनकी सरल मातृहीना भानजी ने उनकी पुत्री को पछाड़ दिया था?

उनका अनुमान ठीक ही निकला।

जाने के कुछ दिन पूर्व विमल ने उनके सम्मुख अपना दुःसाहसी प्रस्ताव रख दिया—वह माधवी से ही विवाह करेगा।

"जोशी, तुम जानते हो, तुम क्या कह रहे हो?" शिवेन्द्रमोहन बौखलाकर, पूरे कमरे में चहलकदमी करने लगे, "मेरी ही मूर्खता है, तुम्हें पहले आगाह कर देना था, यह विवाह तुम नहीं कर सकते!"

"क्यों?" विमल का स्वर अधैर्य से झुंझला उठा, उसे अचानक वह ठिगना व्यक्ति महाकुत्सित लगने लगा।

"मेरी भानजी, पिछले वर्ष चार महीने पागलखाने में बिता चुकी है। पिछली बार परीक्षा देने के बाद ही इसका दिमाग़ फिर गया था। मैं ही इसे बिजली के झटके दिलवाने बरेली ले गया था। कभी भी मानसिक उत्तेजना बिजली से दबाए गए इसके रोग को उभार सकती है तब क्या करोगे?"

इस आकस्मिक 'तर्क' के लिए विमल के पास कोई उत्तर नहीं था।

क्या उसकी सुकुमार प्रेमिका को सचमुच किसी निर्दयी ने बिजली के झटके से कँपाया होगा या पुत्री का सौभाग्य-द्वार बन्द होते देख, ईर्ष्यावश बुड्ढा झूठ बोल रहा था?

विमल को, अखरोट की डाल से लटककर, नटिनी के-से छल-बल का प्रदर्शन करनेवाली अपनी कौतुकप्रिया में भी उन्मादिनी का ही रूप दिखने लगा। कभी-कभी वह प्रेम की तरंगों में बहती, उसके गले को बाँहों में कसकर झूल पड़ती। "छोड़ पगली, छोड़," कह वह हँसते-हँसते अपने को छुड़ा लेता था, तब क्या पता था कि कभी इसी सम्बोधन का विषधर उसे सचमुच डसने दौड़ पड़ेगा।

"मेरी भानजी मुझे मिनी के समान ही प्यारी है, जोशी, पर थिंक ओवर इट यंग मैन," वे विमल का कन्धा थपथपाकर बोले, "जीवन-भर का सवाल है।"

बिना कुछ कहे, विमल सीटियाँ बजाता पगडंडी फाँदने लगा। अचानक नित्य के अभ्यास से झाड़ी में छिपी दो दुबली बाँहों ने भीतर खींच लिया। जंगली बिल्ली की भाँति, माधवी उससे लिपट गई, "क्या कहा मामा ने?"

विमल क्या कहता?

चुपचाप उसे अविश्वासपूर्ण दृष्टि से देखता रहा। कैसा विरोधाभास था—माधवी और पागलपन! हँसी की फुलझड़ियाँ छोड़ती, हँसने और हँसानेवाली गुलजार माधवी!

उन बड़ी-बड़ी कटोरे-सी आँखों में क्या कभी उन्माद का विष छलक सकता था?

"मामा नाराज़ हैं माधवी!" उसने झुककर अपनी प्रेमिका का माथा चूमा, फिर दोनों हाथों में उसका चेहरा भरकर बड़ी देर तक ऐसे देखता रहा जैसे दर्पण देख रहा हो, "बकने दो माधवी उन्हें, विवाह अवश्य होगा," कहकर वह चीते की-सी छलाँग लगाकर चट्टान पर बैठ गया।

विवाह सचमुच ही सम्पन्न हो गया। अनेक तर्क-वितर्कों के व्यूह से वह

जीता-जागता निकल ही आया। शिवेन्द्रमोहन के बँगले से ही माधवी का कन्यादान हुआ। कन्या के पिता, दरिद्र देहाती हेडमास्टर थे, किन्तु आंटी ने यथासाध्य दहेज भी दिया। बारातियों में विमल के तीन-चार मित्र ही जुट पाए। श्वसुर को भावी पुत्रवधू के रोग का पूर्व-इतिहास ज्ञात हो चुका था, उन्होंने घोर आपत्ति भी की थी किन्तु विमल के प्रेम का ज़िरहबख्तर, उनके क्रोध के बमगोले को साहस से झेलता गया।

मन-ही-मन शिवेन्द्रमोहन उस दुःसाहसी युवक की आन पर सौ-सौ बार निछावर हो रहे थे। माधवी को श्वसुरकुल का एक भी आभूषण नहीं मिला था। आंटी ने ही अपना एक मोटा-सा विदेशी कंकण उसकी कलाई में डाल दिया था, फिर भी माधवी देवांगना-सी दमक रही थी। नई बहू को लेकर विमल सन्ध्या की बस पकड़, दूसरे ही दिन अपने जिले में पहुँच गया था। उसी दिन, उसकी अफसरी बिरादरी के अलाँ-फलाँ साहब-मेमसाहिबाओं का मेला-सा जुट गया। "जोशी, नई गुड़िया-सी दुल्हन लाया है!"

"हाऊ क्यूट!"

"हाऊ स्वीट!"

"ह्वाट ए चाइल्ड!" आदि के गुलदस्तों से बेचारी माधवी का दम घुट गया। हिन्दी तो कोई बोलती ही नहीं थी! इंटर पास करने पर भी माधवी अंग्रेज़ी का एक शब्द भी नहीं बोल पाती थी।

विवाह के चार महीने युगल-दम्पति ने पलक झपकते बिता लिए। माधवी की पतली कलाइयाँ भरने लगीं। पीले गालों पर सुर्खी आ गई, गालों के गड्ढे दिन पर दिन गहरे दिखने लगे। अली-कली से बिंधा प्रेमी आए दिन दफ्तर से छुट्टी लेने लगा। एक दिन वह छुट्टी लेकर, घर पर ही डाक देख रहा था कि एक बादामी लिफाफा खोलते ही उछल पड़ा। पास ही खड़ी माधवी को उसने अपनी सशक्त बाँहों में पकड़कर ऊँचा उठा लिया। "थ्री चियर्स फार मैडोबी," वह बच्चों की भाँति किलक उठा। "छिः छिः, क्या करते हैं, चपरासी आता होगा, छोड़िए। क्या बिल्कुल शरम नहीं है आपको?" माधवी उतरने को छटपटाने लगी।

"आने दो चपरासी को, तुम्हारे श्रीचरणों की जय हो, मिसेज़ जोशी, हमारी बदली हो गई...।" उसने बड़े लाड़ से पत्नी को नीचे उतारकर मेज़ पर बिठा दिया।

"कहाँ की हुई बदली?" माधवी ने उत्सुकता से लिफाफा लेने को हाथ

बढ़ाया।

"नहीं, पहले बताओ, क्या दोगी," दोनों हाथों से लिफाफा पीठ पीछे छिपाकर विमल ने याचक की दीनता से गिड़गिड़ाकर पूछा।

"छिः छिः जब देखो तब वही," माधवी ने पास खिसकते पति को दूर ढकेल दिया।

"देखूँ, कहाँ की हुई बदली," लिफाफा छीनकर उसने देखा, बदली बरेली की हुई थी।

"हम तो ऊब गए डार्लिंग, इस उरई से," वह कहने लगा, "सिवाय पाँच सेर के एक-एक गुलाबजामुन के और कुछ मिलता है यहाँ? जाओ, बढ़िया चाय बना लाओ तो इसी बात पर।"

माधवी चाय बनाकर ले आई। विमल ने नित्य की भाँति बिस्कुट का टुकड़ा जूठा कर उसे खिलाना चाहा, तो उसने आँसू-भरी आँखें फेर लीं।

सन्ध्या को विमल ने कार में हवाखोरी का प्रस्ताव रखा, तो सिरदर्द का बहाना बनाकर लेट गई।

क्या हो गया था माधवी को?

रात को उसने सन्धि के एक-से-एक मधुर प्रस्ताव रखे, पर वह काठ-सी सतर देह लिये पड़ी रही। नित्य वह दिन चढ़ जाने पर भी पति के गले में हाथ डाले सोती रहती थी। "माधवी, उठो सुबह हो गई," वह उसे गुदगुदाकर जगाता, तब वह कई करवटें बदलने के बाद उठ पाती थी। पर अब वह न जाने कब उठकर चली जाती।

पत्नी में आश्चर्यजनक परिवर्तन से विमल मन-ही-मन आशंकित हो उठा। रात को भी कभी उसकी नींद टूट जाती, तो देखता माधवी कभी खिड़की के पास खड़ी शून्य दृष्टि से बाहर देख रही है, कभी पूरे कमरे में चहलकदमी करती होंठों-ही-होंठों में कुछ बड़बड़ा रही है।

"क्या तबीयत ठीक नहीं है, माधवी?" उसने एक दिन बड़े प्यार से उसके बालों पर हाथ फेरकर पूछा।

"नींद नहीं आती," वह पति से चिपटकर अकारण ही सिसकने लगी।

विमल दूसरे ही दिन सिविल सर्जन को बुला लाया, सिविल सर्जन ने अनुभवी दृष्टि से माधवी को सिर से पैर तक देखा, रक्तचाप लिया और फिर विमल को एकान्त में खींच ले गया। क्या कभी पहले भी इस अनिद्रा का आभास मिला था विमल को?

विवश होकर विमल ने रोग का पूर्व-इतिहास बता दिया। जिस दिन से उसने बरेली की बदली का समाचार सुना उसी दिन से वह बदल गई थी।

"देखिए, मि. जोशी," मुसलमान सिविल सर्जन का सौम्य चेहरा अनुभव की झुर्रियों से भर गया। ऐसे कितने ही केस देख चुके थे वे। "बरेली के साथ बेचारी की पिछली ज़िन्दगी का पर्दा उठ गया है। एक बार वहाँ से लौटे मरीज़ों को यही 'एसायलम फोबिया' हो जाता है। हमदर्दी से ही फुसलाकर वहाँ ले चलना होगा। एक बार बिजली के झटकों ने मर्ज़ को दबाया है, मुमकिन है फिर दबा दे, फिर अभी 'वायलेन्स' नहीं है, आप किसी ऐसी जगह का, जो इन्हें बेहद पसन्द है, नाम लेकर, फुसलाकर ले जाइए, मुझे उम्मीद है कि दो-तीन ही झटके बीमारी को झटक देंगे।"

उसी दिन विमल ने माधवी के विकट रोग को पराजित करने का दृढ़ संकल्प कर लिया। रात को माधवी शान्त बच्ची-सी उसकी छाती से लगी पड़ी रही। न जाने कब विमल को नींद आ गई। आधी रात को खटखट का शब्द सुन, वह चौंककर उठ बैठा। देखा, माधवी पार्श्व से उठकर खिड़की की लोहे की छड़ों को मोड़ती-मरोड़ती, विवशता से हाँफ रही है।

विमल का कलेजा धड़कने लगा। "माधवी," वह एक छलाँग लगाकर उसके पास खड़ा हो गया, "क्या कर रही हो?"

अचानक कितनी बदल गई वह।

फटी-फटी, भयत्रस्त आँखों से उसे देखती वह हँसने लगी, "इन छड़ों में क़ैद कर तुम मुझे वहीं भेजना चाहते हो न?"

"कहाँ भेजना चाहता हूँ, माधवी?"

"बरेली, पर मैं नहीं जाऊँगी, नहीं—नहीं, सौ बार नहीं!" उस 'नहीं, नहीं' की रटन के साथ-साथ उसके माथे की नसें तन गईं। मुट्ठियाँ बन्द कर वह कभी चीखती, कभी विवश करुण स्वर में 'नहीं-नहीं' कहती, विमल के पैर पकड़कर गिड़गिड़ाने लगती।

"बरेली कौन जा रहा है, माधवी?" विमल ने खिड़की की छड़ों से उसके हाथ छुड़ाकर बड़े दुलार से अपने कन्धे पर धर लिये। हँसकर उसने पत्नी को खींचकर छाती से लगाकर पूछा, "नैनीताल चलोगी माधवी, उस चट्टान पर बैठकर तस्वीर खिंचवाने का प्रोग्राम अभी कहाँ पूरा हुआ?"

माधवी की आँखों का विद्रोह न जाने कहाँ उड़ गया। "सच कहते हो? ले चलोगे मुझे नैनीताल!"

"हाँ, माधवी, तुम आज ही सामान रख लो, कल सुबह ही कार से चल देंगे।" बड़े उत्साह से गरम कपड़े सँजोती, नाश्ता बनाती, बच्ची-सी मचलती माधवी एक बार फिर पुरानी माधवी बन गई।

कार चली तो उसने पति के कन्धे पर सिर रखकर आँखें मूँद लीं।

पागलखाने को पहले ही सूचना भेज दी गई थी, विमल का एक मित्र द्वार पर ही एक मोटी मर्दानी औरत को लिये उनकी प्रतीक्षा कर रहा था। वह महिला सम्भवतः पागलखाने की परिचारिका थी, शायद उसके रूखे चेहरे को अमानवीय सहवास ने और भी डरावना बना दिया था। निर्विकार मुद्रा में वह कठोर निर्दय थानेदार की भाँति माधवी को कार से उतारने बढ़ आई।

माधवी संशय से चौकन्नी हो गई।

"यह कौन है?" उसने बच्ची के भोलेपन से अपनी तर्जनी का तमंचा उस कद्दावर औरत के सपाट सीने पर तान दिया।

"श्श..." विमल ने फुसफुसाकर कहा, "मेरे मित्र और उसकी माँ हैं, ये भी नैनीताल इसी गाड़ी से जाएँगे, तुम इनके साथ बैठो, कार खराब हो गई है, ट्रेन से चलेंगे, मैं सामान उतरवानेवाला कुली ले आता हूँ।"

आज्ञाकारिणी बालिका की भाँति माधवी उतर गई। "जल्दी आना," उसने पति से हँसकर कहा और चुचाप उस महिला के पीछे-पीछे चलने लगी। "कुली, कुली," की हाँक लगाता विमल, गले के गह्वर को बरबस घुटकता, काल्पनिक कुली-सन्धान में तेजी से बाहर चला आया।

बड़ी देर तक वह बाहर टहलता रहा, थोड़ी देर में मित्र उसे अधिकारी डॉक्टर के पास बुला ले गया। बड़े साहस से भीतर जाकर उसने लिखा-पढ़ी पूरी की, डॉक्टर उसी की उम्र का हँसमुख नौजवान था।

"क्या मैं अपनी पत्नी से एक बार मिल सकता हूँ?" लाख चेष्टा करने पर भी वह अपने काँपते कंठ-स्वर को संयत नहीं कर पाया।

डॉक्टर ने सदय दृष्टि से उसे देखा, "मेरी समझ में अभी न छेड़ें तो ठीक रहेगा। इट वोंट हेल्प मच!"

"क्या कर रही है माधवी?" विमल प्रश्न पूछते ही स्वयं लजा गया।

"वही जो अक्सर ये लोग पहले दिन किया करते हैं। लोहे की छड़ पकड़े खड़ी है। (मैंने कहा, बैठ जाइए मिसेज जोशी, कब तक खड़ी रहेंगी) बोलीं, 'जब तक मेरे पति कुली लेकर न आ जाएँ।' आप चिन्तित न हों मि. जोशी, इन लोगों की अपनी अनोखी ही दुनिया है वह सुनिए...।" डॉक्टर चुप हो

गया। तीन-चार पागल मिलकर महाआनन्द से रामधुन गा रहे थे। बेसुरे तान-आलाप के साथ कव्वाली की-सी तालियाँ बज रही थीं।

"अब बताइए भला," डॉक्टर ने हँसकर बोला, "कौन कहेगा इन्हें कोई चिन्ता है! पैर थकने पर मिसेज़ जोशी स्वयं बैठ जाएँगी।"

पर माधवी को विमल जानता है, वह रात-भर छड़ पकड़े उसकी प्रतीक्षा में खड़ी रहेगी।

उस विचित्र प्रतीक्षालय में कुली लेकर विमल कब पहुँच पाएगा—कब?

लाटी

लम्बे देवदारों का झुरमुट झुक-झुककर गेठिया सैनेटोरियम की बलैया-सी ले रहा था। काँच की खिड़कियों पर सूरज की आड़ी-तिरछी किरणें मरीज़ों के क्लान्त चेहरों पर पड़कर उन्हें उठा देती थीं। मौत की नगरी के मुसाफिरों के रोग-जीर्ण पीले चेहरे सुबह की मीठी धूप में क्षण-भर को खिल उठते। आज टी.बी. सिरदर्द और जुकाम-खाँसी की तरह आसानी से जीती जानेवाली बीमारी है, पर आज से कोई बीस साल पहले टी.बी. मृत्यु का जीवन्त आह्वान थी। भुवाली से भी अधिक माँग तब गेठिया सैनेटोरियम की थी। काठगोदाम से कुछ ही मील दूर एक ऊँचे पहाड़ पर गेठिया सैनेटोरियम के लाल-लाल-छतों के बँगले छोटे-छोटे गुलदस्ते से सजे थे।

तीन नम्बर के बँगले का दुगुना किराया देकर कप्तान जोशी स्वयं अपनी रोगिणी पत्नी के साथ रहता था। बँगले के बरामदे में पत्नी के पलँग के पास वह दिन-भर आराम-कुर्सी डाले बैठा रहता, कभी अपने हाथों से टेम्परेचर चार्ट भरता और कभी समय देख-देखकर दवाइयाँ देता। पास के बँगले के मरीज़ बड़ी तृष्णा और चाव से उनकी कबूतर-सी जोड़ी को देखते। ऐसी घातक बीमारी में कितने यत्न और स्नेह से सेवा करता था कप्तान जोशी! कभी उसके आनन्दित चेहरे पर झुँझलाहट या खीझ की अस्पष्ट रेखा भी नहीं उभरती। कभी वह घुँघराले बालों को ब्रुश से सँवारता, बड़े ही मीठे स्वर में पहाड़ी झोड़े गाता, जिनकी मिठास में तिब्बती बकरियों के गले में बँधी, बजती-रुनकती घंटियों की-सी छुनक रहती। पहाड़ी मरीज़ बिस्तरों से पुकार कर कहते, ''वाह कप्तान साहब, एक और!'' कप्तान अपने पलंग से घुली-मिली सुन्दरी 'बानो' की ओर देख बड़े लाड़ से मुस्करा देता। बानो का गोरा चेहरा बीमारी से एकदम पीला पड़ गया था और उसकी बड़ी-बड़ी आँखें

और बड़ी-बड़ी हो गई थीं। शान्त तरल दृष्टि से वह कप्तान को दिन-रात टुकुर-टुकुर देखती रहती। विवाह के दो वर्ष पश्चात् यही उनका वास्तविक हनीमून था, जहाँ न अम्मा, चाची और ताई की शासन की लगाम थी, न नई बहू के घूँघट की बन्दिश। पिंजड़े की चिड़िया आज़ाद कर दी गई थी किन्तु अब उसके कमज़ोर डैनों में उड़ने की ताकत नहीं थी। कप्तान उसकी दुर्बल तप्त हथेली को अपनी कसरती मुट्ठी में बड़े प्यार से दबाकर सहलाने लगता तो उसकी सींक-सी कलाई की सोने की चूड़ी सर-सर कर कोहनी तक सरक जाती।

उन दिनों गेठिया का डॉक्टर एक अधेड़ स्विस था। एक दिन उसने कप्तान को अकेले में बुलाकर कहा, "कप्तान, तुम अभी जवान हो, यह बीमारी जवानी की भूखी है। मैं देख रहा हूँ, तुम ज़रा भी परहेज़ नहीं बरतते। मरीज़ की भूख को दवा से जीतना होगा, मुहब्बत से नहीं।"

क्षण-भर को सब समझकर कप्तान लाल पड़ गया। उसके बूढ़े पिता के भी कई पत्र आ चुके थे और माँ ने रो-रोकर चिट्ठियाँ डाल दी थीं, "मेरे दस-बीस पूत नहीं हैं बेटा, यह बीमारी सत्यानाशी है"—पर कप्तान पहले की तरह अलमस्त डोलता, कभी बानो के चिकने केशों को चूमता, कभी उसकी रेशमी पलकों को, कभी पास के प्राइवेट वार्ड की, गुमानसिंह मालदार की गोल-मटोल पत्नी से मज़ाक करता।

सैनेटोरियम की मनहूस ज़िन्दगी के काले आकाश में रोबदार ठकुरानी ही एक मात्र द्युतिमान तारिका थी। भरे-भरे हाथ-पैर की, चिकने चेहरे पर सदा मुस्कान बिखेरती वह पूरे सैनेटोरियम की भाभी थी। उसके स्वास्थ्य के दुर्गम दुर्ग में भी न जाने बीमारी का घुन किस अरक्षित छिद्र से प्रवेश पा गया था। टी.बी. लगने की पीड़ा से कराहती वह अपनी कदर्य गालियों का अक्षय भंडार खोल देती। कभी लक्षपति श्वसुर को लक्ष्य बनाती, "हैं हमारे 'बुडज्यू' आधी कुमाऊँ के छत्रपति, पर बहू तिथांण (श्मशान) को जा रही है तो उनकी बला से! दुम उठाकर जिसे देखा, वही बदज़ात नर से मादा निकला।" "ए शाब्बाश, क्या पंच के स्टैंडर्ड का सेंस ऑफ ह्यूमर है! भाभी, तबीयत बाग-बाग कर दी।" कप्तान कहता। "एक मेरा खसम है साला। पी के धुत होगा किसी गोरी मेम को लेकर। दो महीने से हरामी झाँकने भी नहीं आया। दाढ़ीजारे की ठठरी उठेगी तो मज़ाल मैं भी सुहाग उतारूँ।" वह फिर कहती। "क्यों भाभी, क्यों कोस रही हो?" कप्तान हँसकर कहता।

प्रौढ़ा नेपाली भाभी की सदाबहार हँसी से खिलखिलाती आँखें छलक उठतीं, "शाबास है, कप्तान बेटा, तुझे देखकर मेरी छातियों में दूध उतर आता है। कैसी सेवा कर रहा है तू, और एक हमारे हैं कुतिया के जने! मिले तो मूँछें उखाड़कर हरामी के मुँह में ठूँस दूँ।"

कप्तान हँसते-हँसते दुहरा हो जाता, मूँछें उखाड़कर मुँह में ठूँसने की बात कुछ ऐसी जम जाती कि वह भागकर बानो को सुना आता।

नेपाली भाभी के पति की असंख्य मोटरें अल्मोड़ा-नैनीताल को घेरे रहतीं, चाय के बगीचों का अन्त नहीं था; किन्तु उनके वैभव ने पत्नी के प्रति प्रेम और मोह की बेड़ियाँ काट दी थीं। एक वर्ष से वे एक बार भी उसे देखने नहीं आए।

एक दिन कप्तान ने देखा, नेपाली भाभी की खाँसी बहुत ही बढ़ गई है, खाँसी का दौरा-सा पड़ा और कप्तान भागकर देखने गया तो देखा, रक्त के कुंड के बीच नेपाली भाभी की विराट गेहुँआ देह निष्प्राण पड़ी थी। पति की मूँछों को उसके मुँह में ठूँसने का स्वप्न अधूरा ही छोड़कर भाभी चली गई थी।

कुछ दिन तक कप्तान उदास हो गया। बानो की बड़ी-बड़ी आँखों में भी उदासी के डोरे पड़ गए। जब ऐसी हँसती-खेलती लाल-लाल भाभी को मौत खींच ले गई तो हड्डियों का ढाँचा मात्र बानो तो हवा में उड़ती रुई का फाहा थी। भाभी की मौत आकर जैसे उन दोनों के कान में कह गई थी कि ज़िन्दगी कुछ ही पलों की है। उन अमूल्य पलों के अमृतस्वरूपी रस की अन्तिम बूँद भी उन दोनों को छोड़ना मंजूर न था। नित्य निकट आती मौत ने बानो को चिड़चिड़ा बना दिया, पर जैसे इकलौते ज़िद्दी दुर्बल बालक की हर ज़िद को स्नेहमयी माता हँस-खेलकर झेल लेती है, वैसे ही कप्तान हठीली बानो की हर ज़िद पूरी करता। कभी वह खिली चाँदनी में बाहर जाने को मचलती तो वह अपने खाकी ओवरकोट में उसे लपेटकर अपनी देह से सटाए लम्बे चीड़ की छाया में बैठा रहता।

बानो को विवाह के ठीक तीसरे ही दिन छोड़कर उसे बसरा जाना पड़ा था। उन तीन दिनों में, खाकी वर्दी में कसे छह-फुटे शरीर और भूरी-भूरी मूँछों को देखकर, बानो उससे जितना ही कटी-कटी छिपी फिरती, वह उसे पाने को उतना ही उन्मत्त हो उठता। उसे देखते ही वह अपनी मेहँदी लगी नाजुक हथेलियों से लाज से गुलाबी चेहरा ढाँक लेती। दूसरे दिन बड़ी कठिनता

से कप्तान उसके मुँह से धीमी फुसफुसाहट में उसका नाम कहलवा पाया था, बहुत धीमे स्वर में ही प्रणय-निवेदन की भूमिका बाँधनी पड़ी थी; क्योंकि पास के कमरे में ही ताऊजी लेटते थे।

"क्या नाम है तुम्हारा?" उसकी तीखी ठुड्डी उठाकर कप्तान ने पूछा था।

"बानो।" उसके पतले होंठ हिलकर रह गए।

"राम-राम, मुसलमानी नाम।" कप्तान ने हँसकर छेड़ दिया।

"सब यही कहते हैं, मैं क्या करूँ?" बानो की आँखें छलक उठीं।

"मैं तो तुम्हें छेड़ रहा था, कितना प्यारा नाम है! पहाड़ी नाम भी कोई नाम होते हैं भला, सरुली, परुली, रमा, खष्टी।" वह बोला, "कितने साल की हो तुम, बानो?"

"इस आषाढ़ में मुझे सोलहवाँ लगेगा।" बानो ऐसे उत्साह से बोली जैसे उसने आधी ज़िन्दगी पार कर ली हो। कप्तान का दिल भर आया, अपनी खिलौने-सी बहू को उसने खींचकर हृदय से लगा लिया। पहले वह अपने ताऊ और पिता से सख़्त नाराज़ हो गया था, कहाँ वह ठसकेदार बाँका कप्तान और कहाँ हाईस्कूल पास छोकरी को पल्ले बाँधकर रख दिया! पर बालिका बानो की सरल आँखों का जादू उस पर चल गया। तीसरे दिन ही उसे बसरा जाना था। कप्तान बानो से विदा लेने गया तो वह कोने में बैठी छालियाँ कतर रही थी, उसकी पलकें भीगी थीं और पति की आहट पाकर उसने घुटनों में सिर डाल दिया। झट से झुककर कप्तान ने उसका माथा चूम लिया। उसका गला भर आया।

तीन-दिन की ताजा सुन्दरी नववधू को इस तरह छोड़कर जाना कप्तान को दुश्मन की गोलाबारी से भयंकर लगा। इसके बाद दो वर्षों तक कप्तान युद्ध की विभीषिका में भटक गया। बर्मा और बसरा के जंगलों में भटक-भटककर उसके साथी बहशी बन गए थे। गन्दे अश्लील मज़ाक करते। फौजी अफसरों में कप्तान ही सबसे छोटी उम्र का था। बर्मा की युद्ध से स्तब्ध सड़कों पर चपल बर्मी रमणियों के कुटिल कटाक्षों का अभाव नहीं था, फिर भी कप्तान अपनी जवानी को दाँतों के बीच जीभ-सी बचाता सेंत गया।

दो साल बाद घर पहुँचा तो दुनिया बदल चुकी थी। उन दो वर्षों में बानो ने सात-सात ननदों के ताने सुने, भतीजों के कपड़े धोए, ससुर के होज बिने, पहाड़ की नुकीली छतों पर पाँच-पाँच सेर उड़द पीस कर बड़ियाँ तोड़ीं। कभी सुनती उसके पति को जापानियों ने कैद कर लिया है, अब वह कभी

नहीं लौटेगा। सास और चचिया सास के व्यंग्य-बाण उसे छेद देते, वह घुलती गई और एक दिन क्षय का तक्षक कुंडली मारकर उसकी नन्ही-सी छाती पर बैठ गया। उसे सैनेटोरियम भेज दिया गया था। दूसरे ही दिन कप्तान बानो को देखने चल दिया तो घरवालों के चेहरे लटक गए।

गेठिया पहुँचा और एक प्राइवेट वार्ड के बरामदे में लेटी बानो को देखकर उसका कलेजा उछलकर मुँह को आ गया। दो वर्षों में बानो घिसकर और भी बच्ची बन गई थी। कप्तान को देखकर उसकी तरल आँखें खुली ही रह गईं, फिर आँसू टकपने लगे। कहने और कैफियत देने की कोई गुंजाइश नहीं रही। बानो के बहते आँसुओं की धारा ने दो साल के सारे उलाहने सुना दिए। दोनों ने समझ लिया कि मिलन के वे क्षण मुट्ठी-भर ही रह गए थे।

उन दिनों सैनेटोरियम में एक अत्यन्त क्रूर नियम था। रोगियों को उनकी अन्तिम अवस्था जानकर उन्हें घर भेज दिया जाता। सैनेटोरियम में मृत्यु का प्रवेश सर्वथा निषिद्ध था। नेपाली भाभी की मृत्यु के बाद कप्तान और बानो मातम में डूब गए, पर चौथे दिन वे फिर हनीमून मनाने लगे। अपनी साड़ियों का बक्स निकलवाकर बानो ने कई साड़ियों पर इस्त्री करवाई। बड़ी देर तक दोनों ने पेशेन्स खेला, पर शाम हाते ही बानो मुरझाने लगी। दिन-भर उसे दस्त आ रहे थे और टी.बी. के मरीज़ को दस्त आना खतरे से खाली नहीं होता। डॉक्टर दलाल आया, उसने कप्तान को बाहर ले जाकर कमरा खाली करवाने का नोटिस दे दिया, "कल ही ले जाना होगा, आई गिव हर टू टु-थ्री डेज़। इससे ज़्यादा नहीं बचेगी।"

कप्तान का चेहरा सफेद पड़ गया। घर जाने का प्रश्न नहीं उठता था, तीन रस-भरे महीनों की मीठी धरोहर को वह घर की कड़वाहट से अछूता ही रखना चाहता था। भुवाली के पास ही एक चाय की दुकान के नीचे साफ-सुथरा कमरा, मृत्यु का पासपोर्ट पाए बानो-जैसे अभागे मरीज़ों के लिए सदा बाँह फैलाए खुला रहता था।

"सैनेटोरियम छोड़कर हम कल दूसरी जगह चलेंगे, बानो। यहाँ साली तबीयत बोर हो गई है।" बड़े उत्साह और आनन्द से कप्तान ने भूमिका बाँधी, पर बानो का चेहरा फक पड़ गया। वह समझ गई कि आज उसे भी नोटिस दे दिया गया है।

बड़ी रात तक कप्तान उसके गालों के पास अपना चेहरा ले जाकर गुनगुनाता रहा, "बानो, मेरी बन्नी, बन्नू!" और फिर जब बानो को नींद आ

गई तो वह भी अपने पलंग पर जाकर सो गया।

सुबह उठा तो बानो पलंग पर नहीं थी। सोचा, घिसटती बाथरूम तक चली गई होगी। जोश आने पर वह काफी दूर तक चल लेती थी। बड़ी देर तक नहीं लौटी तो वह घबराकर उठा। बानो कहीं नहीं थी। भागकर वह मरीज़ों के पास गया, डॉक्टर आया, नर्सें आईं, चौकीदार आया, पर बानो कहीं नहीं थी। सैनेटोरियम में आज पहली बार ऐसी अनहोनी घटना घटी थी।

दूसरे दिन बड़ी दूर रथी घाट पर बानो की साड़ी मिली थी। मृत्यु के आने से पूर्व वह अभागी स्वयं ही भागकर मृत्यु से मिलने चली गई थी।

इसमें कोई सन्देह नहीं रहा कि बानो ने डूबकर आत्महत्या कर ली थी। शोक से पागल होकर कप्तान उसकी साड़ी को छाती से चिपटाए फिरता रहा; किन्तु मर्द की जवानी जाड़े की भयंकर लम्बी रात के समान है, जो काटे नहीं कटती। एक ही साल में उसका फिर विवाह हुआ, अब के ताऊ और पिता ने खूब ठोंक-पीट कर बहू छाँटी। ऊँची-अगली, गोरी और एम.ए. पास। कप्तान की नई पत्नी के पिता थे मेजर जनरल। चालीस तमगे लगाकर उन्होंने कन्यादान किया तो कप्तान बेचारा सहमकर रह गया। प्रभा इकलौती लड़की थी, फिर दुजू की बीवी थी, जो बादशाह की घोड़ी से कम नहीं होती। उसके सौ-सौ नखरे उठाता कप्तान हँसना, खिलखिलाना और मौज़-मस्तियाँ सब भूलकर रह गया।

चार साल में कप्तान को दो बेटे और एक बेटी देकर प्रभा ने धन-संचय की ओर ध्यान लगाया। सोलह सालों में कप्तान के बैंक बैलेंस में रुपयों और नोटों की मोटी तह जमाकर दोनों नैनीताल घूमने आए। कप्तान की थोड़ी-सी तोंद निकल आई थी, चेहरा अभी भी मस्ताना था, पर मूँछों में अब वह ऐंठ नहीं रह गई थी, कनपटी के आस-पास बाल सफेद हो चले थे। दो जवान लड़कों को कमीशन मिल गया था, बेटी मिरांडा हाउस में पढ़ रही थी।

नैनीताल आकर कप्तान के दिल में एक टीस-सी उठी। काठगोदाम से चलकर गेठिया दिखा और वह गुमसुम-सा हो गया।

नैनीताल के ग्रांड होटल में दोनों टिके। प्रभा बोली, "चलो डार्लिंग, पहाड़ का इंटीरियर घूमा जाए। भुवाली चलें।" चिकन, सैंडविच, रोस्ट मुर्ग पैक करवाकर उसने अपनी फियट गाड़ी भुवाली की ओर छोड़ी। बगल में दामी चंदेरी साड़ी और बिना बाँहों के ब्लाउज़ से अपने मांसल शरीर की गोरी दमक बिखेरती प्रभा बैठी। भुवाली की एक छोटी-सी दुकान देखकर प्रभा ने

गाड़ी रुकवा दी, "इसी दुकान में आज एकदम पहाड़ी स्टाइल से कलई के गिलास में चाय पिएँगे हनी।" वह बोली।

कप्तान अब मेज़र था, "मेज़र की डिग्निटी कहाँ जाएगी?" वह बोला।

"भाड़ में!" कहकर प्रभा अपनी पेंसिल हील की जूतियाँ चटकाती दुकान में घुस गई।

काठ की एक बेंच धुएँ और कालिख से काली पड़ गई थी, उसी को झाड़कर दोनों बैठ गए। पहले कुछ देर को पहाड़ी दुकानदार भौंचक-सा रह गया। लकड़ी के धुएँ से एकदम काली केटली में चाय उबल रही थी।

"खूब गर्म दो गिलास चाय लाओ, प्रधान।" मेज़र ने पहाड़ी में कहा और दुकानदार का मुँह खुला ही रह गया। ऐसी अंग्रेज़ी में बोलनेवाला अनोखा जोड़ा पहाड़ी कैसे हो गया, वह सोचने लगा।

वह चाय बना ही रहा था कि अलख-अलख करते वैष्णवियों के दल ने भीतर घुसकर दुकान घेर ली, "ओ हो गुरु, भल द्वा भल द्वा।" कहकर हेड वैष्णवी ने बड़े प्रभुत्वपूर्ण स्वर में सोलह गिलास चाय का आर्डर दे दिया। हेड वैष्णवी बड़ी ही मुखर और मर्दानी थी, इसी से शायद मर्दाने स्वर में बोल भी रही थी, "सोचा, बामण ज्यू की ही दुकान की चाय छोरियों को पिलाऊँगी, आज एकादशी है।"

"क्यों नहीं! क्यों नहीं!" दुकानदार बोला, "अरे लाटी भी आई है?"

"अरे कहाँ जाएगी अभागी!" वैष्णवी ने कहा। प्रभा और मेज़र की दृष्टि एक साथ ही लाटी पर पड़ी।

कुत्सित बूढ़ी अधेड़ वैष्णवियों के बीच देवांगना-सी सुन्दरी लाटी अपनी दाड़िम-सी दन्तपंक्ति दिखाकर हँस दी। मेज़र का शरीर सुन्न पड़ गया, स्वस्थ होकर जैसे साक्षात् बानो ही बैठी थी। गालों पर स्वास्थ्य की लालिमा थी, कान तक फैली आँखों में वही तरल स्निग्धता थी और गूँगी जिह्वा पर गूँगापन चेहरे पर फैलकर उसे और भी भोला बना रहा था।

"हाय, क्या यह गूँगी है? माई गॉड, ह्वाट ब्यूटी।" प्रभा बोली।

"हाँ सरकार, यह लाटी है। दुकानदार ने कहा और मेज़र के दिल पर आ गिरी भारी पत्थर की चट्टान उठ गई।

"क्या नाम है जी इसका?" प्रभा मुग्ध होकर लाटी को ही देख रही थी।

"नाम जो होगा, वह तो बह गया मीमशाब, अब तो लाटी ही इसका

नाम है।'' हेड वैष्णवी ने कहा, ''हमारे गुरु महाराज को इसकी देह नदी में तैरती मिली। जीभड़ी इसकी कटकर कहीं गिर गई थी। राम जाने कौन था वह! गले में चरयो (मंगल-सूत्र) था, ब्याह हो गया होगा। फिर हमारा गुरु महाराज इसको गुरुमन्तर दिया। भयंकर 'छे रोग' था। एक-एक सेर खून उगलता था, पर गुरु का शरण में आया तो सब रोग-सोग ठीक हो गया इसका। लाटी, जीभ दिखा।

धुँ-धुँ कर लाटी ने भुवनमोहिनी हँसी हँस दी, जीभ नहीं दिखाई।

''कुछ नहीं समझती साली। बस खाती है ढाई सेर, सब भूल गया, हमारा आर्डर भी नहीं मानती।'' असन्तुष्ट स्वर में मर्दानी वैष्णवी बोली।

''ओह, माई गॉड! अपने आदमी को भी भूल गई क्या?'' प्रभा बोली।

''जो था सो था, इसको कुछ याद नहीं। खाली 'फिक-फिक' कर हँसती है हरामी। अब परभू इसका मालिक और परभू इसका सहारा है। हाँ, गुरु कितना पैसा हुआ?''

हेड वैष्णवी ने पैसे चुकाए और उसका दल अलख बजाता उठ खड़ा हुआ। लाटी बैठी ही रही, मेज़र एकटक उसे देख रहा था। यह वही बानो थी, जिसे डॉक्टर दलाल और कक्कड़ जैसे प्रसिद्ध विशेषज्ञों की मृत्युंजय औषधियाँ भी स्वस्थ नहीं कर सकी थीं।

''उठ साली लाटी!'' हेड वैष्णवी ने हलकी-सी ठोकर से लाटी को उठाया। एक बार फिर अपनी मधुर हँसी से मेज़र का हृदय बींधकर लाटी उठी और दल के पीछे-पीछे चल दी। काश, उसके भोले चेहरे से गाल सटाकर मेज़र कह सकता, 'मेरी बानो, बन्नी, बन्नू!' शायद उसकी गूँगी ज़बान के नीचे दबी उसकी गूँगी पिछली ज़िन्दगी बोल उठती।

पर मेज़र, ज़िन्दगी की दौड़ में बहुत आगे निकल आया था, पीछे लौटकर बिछुड़े को लाना सबसे बड़ी मूर्खता होती। दो जवान बेटे और बेटी, राष्ट्रपति के सहभोजों में चमकती उसकी शानदार दूसरी बीवी, गरीब, गूँगी लाटी का आना कैसे सह सकते?

''उठो डार्लिंग, लंच गर्म पानी में करेंगे।'' प्रभा ने कहा और मेज़र उठ खड़ा हुआ। कुछ ही पलों में वह बूढ़ा और खोखला हो गया था।

बानो मर गई थी। अब तो वह लाटी थी। परभू अब उसका मालिक और परभू ही उसका सहारा था।

●●●